朝日のような夕日をつれて 21世紀版

鴻上尚史

論創社

目次

まえがき

1981年に旗揚げ作品として『朝日のような夕日をつれて』を大隈講堂裏の特設テントで上演してから、30年以上の時間が流れました。

今回、1997年以来、17年ぶり、七度目の再演をすることになりました。そして、戯曲本としては、三度目の出版ができることになりました。

22歳、生まれて初めて書いた戯曲が、30年以上に渡って三度も活字という形で読者と出会える。本当に幸福なことだと思います。

さて、本来なら、この「まえがき」には、僕が劇場でお客さんに配った「ごあいさつ」を載せることにしています。出版されている戯曲本は全てがそうです。それは、今まで、公演が終わった後に出版していたからできたのです。

が、この『朝日のような夕日をつれて 21世紀版』は、実際の上演中に販売することを目指して、初日よりずいぶん前に準備しています。

実際、今、この原稿を書いているのは、初日の二週間以上前です。なので、僕が「ごあいさつ」で何を書くのか、自分自身、まったく分からないのです。

ただ、興奮した初日を迎えるだろう、ということは予想がつきます。

毎回、この作品を改訂しようとして台本に向き合うたびに、僕は22歳の時の自分と出会います。22年間生きてきたすべてをぶちこんだ台本と再会するのです。

あの当時、僕はただ、芝居をやりたくて、劇団を旗揚げしたくて、演劇で遊び倒したくて、自分の生き方を捜したくて、生きる意味を探りたくて、この作品を書いたのです。

その作品と、33年たって、再会します。

1983年と1991年に出版した二冊の『朝日のような夕日をつれて』から、「ごあいさつ」と「あとがき または はじまり」を載せておきます。戯曲を書いた当時と、書いてから十年後の雰囲気が少しは分かるかもしれません。いえ、この文章を載せる僕自身の理由は、ずっと『朝日のような夕日をつれて』は、つながっていると思っているからです。なので、中身は違っても、ずっとどんなことを考えてきたかという記録を残したいと思ったからです。なので、過去に興味はない、という読者は、どうか、そこの部分は飛ばしてもらってかまいません。

それでは、ごゆっくりお楽しみ下さい。

んじゃ。

2014年7月16日　鴻上尚史

「まえがき」に、本番に配る「ごあいさつ」は間に合わなくて載せられない、と書きました。が、ありがたいことに発売してすぐに重版になり、論創社さんの御厚意で、二版より、「ごあいさつ」を載せられることになりました。そんな訳で、これが芝居の初日から配った「ごあいさつ」です。

ごあいさつ

昔から、変わった相手にひかれます。

「さあ口説こう」と思うと、「小学校の時にひどいいじめを受けていた」とか、「目の前で親が飛び降り自殺した」とか、「祖母を母親と思わされて育てられた」なんて話をされてきました。

あっけらかんと「何の苦労もなく育ってきました」なんて相手にはなかなか興味がわかず、結果、「なんだか変わった相手」を口説くことになりました。

が、そういう話をされたのに口説き続けるなんてのは鬼畜の所業ですから、人間としてはヨコシマな思いをさておいて、急にしみじみと「人生を語り合うって悪くないよね」という、実にヒューマンな展開になるのです。こういう時、僕は「天使に堕落した」と内心つぶやきます。

　僕自身は、エピソード的には波瀾万丈な人生を経験しているわけではありません。『朝日のような夕日をつれて　１９８１』から33年間、じつに普通に芝居を創り続けてきました。ただ33年間小説家を続けている人と、33年間、劇作家を続けている人は、全く違う点があるだろうと思っています。

　僕は33年間、「自分が書いたものに観客がどう反応するか」を目の前で見てきました。突きつけられたと言ってもいいと思います。自分が精根込めて買いても、観客はモゾモゾと動いたり、いい物語だと思っているのにアクビする観客を嫌でも見てきました。

　それでも、とりあえず、僕の精神は壊れないまま、今日までできました。

　長く生きていると、友人の何人かは死に、何人かは壊れます。入院したり、会社をやめたり、家から出られなくなったりします。そういう噂や知らせを聞くたびに、長い人生ではいろんなことが起こるだろうと思います。壊れることに驚きはありません。みんな、ギリギリで生きていると思っています。一歩間違えば壊れるのは彼や彼女ではなく僕だったと、ごく自然に思います。

　ギリギリで生きながら、ギリギリに打ちのめされてない人にひかれるのだと思います。思い返せば口説こうとした「変わった相手」はみんなそういう人でした。「自分はこんなにギリギリなんだ」という旗を揚げて叫び続けている人にはひかれませんでした。

　それは自戒も込めていて、自分がギリギリの時も、なるべくならギリギリであることを振り回さないでいたいと思っています。「弱いこと」と「ずるいこと」は、本当に紙一重で、助けてくれる人、かまってくれる人がいると分かると、つい、ギリギリを振り回したくなるのです。

それでも「ぶさいく村」出身には、なかなか、かまってくれる人は現れず、自分のギリギリを自分で処理する方法を身につけるようになるのです。

こんなことにも「ぶさいく村」が関係しているのかと、あなたは呆れるかもしれませんが、残念ながら密接な関係があると僕は思っています。

手が伸びてくれれば、つい、すがります。手が伸びないからこそ、強くなるしかないのです。手が伸びているのにその手を拒否できれば、それは本当の強さなのでしょうが、なかなかに難しいのです。

「ぶさいく村」にはそんなにかまってくれる手が伸びないので、自分の意志とは関係なく強くなるのです。とほほ、で、えっへん。と書きながら「ぶさいく村」出身者は気をつけてないと「強くなるこ」と「イコジになること」を勘違いして「心を閉じたガンコ者になる」という、落とし穴があるのです。

この作品は、そもそもは22歳の時に書いたものです。ひとつは、おもちゃ会社が舞台で、このときは「リユービック・キューブ」という大ヒットしたパズルの次のおもちゃを創ろうとする話でした。もう一つは『ゴドーを待ちながら』(S・ベケット著)という作品がもとになった話です。『ゴドーを待ちながら』は知る人は知っていますが、男二人がえんえんと「ゴドー」を待つ話です。ゴドーとは誰か？　何をしているのか？

まったく分からないまま、ただ、ゴドーを待っている。一幕の最後に少年が出てきて「ゴドーさんは来られない」と言う。待っている2人は「じゃあ行くか」「ああ行こう」と言うけれど動かない。そして二幕。2人はまだ待っている。そして少年が出てきて、また、「ゴドーさんは来られない」と言う。2人は「行こう」と言い合うけれど、動かない。そして幕が降りる。他に2人、出てきますが、基本はこういうお芝居です。シェイクスピアの極北にいる作家の、世界的に有名な作品です。僕が22歳の時には、今よりさかんに上演されてました。

この話を最初に読んだ時、僕は「待ちこがれたゴドーに失望したらどうしよう。私の希望は私には退屈だってこと、あるよなあ」と心配したのです。

初めて書いた時から7回目、前回の再演から17年ぶりの上演です。再演のたびに、僕は22歳の自分と向き合います。あの当時も、今とは別の意味でギリギリで生きていました。違いは、まだ自分にはたくさんの時間があると思っていたことです。それは勇気であり絶望でした。

あなたにはまだ時間がありますか？　ギリギリで生きていますか？　なにかにすがっていますか？　神にひざまずくほど老いましたか？　何を信じていますか？

この芝居と向き合うたびに、僕はそう自問します。

今日はどうもありがとう。ごゆっくりお楽しみ下さい。んじゃ

鴻上尚史

朝日のような夕日をつれて　21世紀版

登場人物

5人の登場人物

彼らは状況に応じて
地位あるもの
名をもつもの
存在そのもの
に変化する。

部長＝ウラヤマ＝A
社長＝エスカワ＝B
研究員＝ゴドー1＝C
マーケッター＝ゴドー2＝D
医者＝少年＝E

すなわち

おもちゃ会社「立花トーイ」
ゴドーを待ちながら
私が私であること

の、三つの世界を移動する。

シーン0

暗転の中、ささやき声が聞こえてくる。
そして、音楽。
物語ははっきりと始まる。
5人の男達、ＡＢＣＤＥが浮かび上がる。
そして、群唱。

全員　朝日のような夕日をつれて
僕は立ち続ける
つなぎあうこともなく
流れあうこともなく
きらめく恒星のように
立ち続けることは苦しいから
立ち続けることは楽しいから
朝日のような夕日をつれて
ぼくはひとり
ひとりでは耐えられないから

ひとりでは何もできないから
ひとりであることを認めあうことは
たくさんの人と手をつなぐことだから
たくさんの人と手をつなぐことは
とても悲しいことだから
朝日のような夕日をつれて
冬空の流星のように
ぼくは　ひとり

群唱、終わる。
音楽が唐突に切れて、全員、弾け飛ぶ。
舞台に、社長になったBと部長になったAが残る。

シーン1

社長　まだか、まだですか？　いつになったらできるんです⁉
部長　しばらく、もうしばらくお待ち下さい。

社長　その言葉、耳にタコができました。もう一回聞いたら、脳味噌にもタコができて、私はタコになるでしょう。

部長　社長。（そんな……）

社長　あなたですよ。

部長　は？

社長　元はといえば、企画部長のあなたがですね、

部長　私は、企画部長として、できる限りのことをしてきたつもりです。社長もご存知のように、我がおもちゃ業界は、この二十年、絵に描いたように右肩下がりの状態でして、

社長　不況だからおもちゃが売れないなんて、当り前のことをあなたは言うつもりなんですか⁉

部長　いえ、それは……

社長　ミクシィを見てごらんなさい。みんな、もう潰れたと思っていたのに、『モンスターストライク』一発で復活ですよ。ゲームが嫌いだから、ミクシィアプリに入れないって言ってた会社が節操もなくゲームに救われるんですよ。恥ずかしくないのか、ミクシィ！

部長　社長。いきなり過激な発言は……

社長　おもちゃの売れない時代は不幸です。けれど、くだらないおもちゃが売れる時

代はもっと不幸です。

部長　くだらないおもちゃ？

社長　テレビ番組の力だけで売るおもちゃです。なにが、『烈車戦隊トッキュウジャー』ですか。トッキュウジャー……初めて聞いた時は、悪い冗談だと思いましたよ。

部長　ですが、社長、我々が出したのは、

社長　勝利の特別快速、

部長　闇に向かって出発進行！　その名も、

社長・部長　『特別戦隊カイソクジャー』！

部長　勝利のキップは買ったかな？

社長　どこの誰ですか？　当たると言ったのは!?

部長　ですが、あの時は、社長も、

社長　よくやった！

部長　って。

社長　だって、みんな特急より快速乗ってるでしょう！　愛されるのは、特急より快速ですよ！

部長　これが一番、くだらないおもちゃじゃないですか！　私はとめましたよ。とめたのに、

社長　まさか、全ての失敗は、私に責任があるとでも言うんですか？

部長　はい。

社長　えっ？

部長　ジョークですよ、苦しい時にも笑顔を忘れないためのジョークです。

社長　そのジョークを笑うのと、クビを切るのと、どっちが先がいいですか？

部長　社長！

社長、去る。慌てて追いかける部長。

研究員、マーケッター、出てくる。

マーケ　だめだ！

研究員　だめだ！

マーケ　こんどこそ、

研究員　うまくいくと

マーケ・研究員　思ったんだけどなあ！

研究員　終りだよ！

マーケ　終りか⁉

研究員　ゲーム・イズ・オーバー。

マーケ　無責任なこと言うなよ。ゲームって言えば、なんでも許されると思っているのか？

研究員　無責任なのはあんただろう？

マーケ　なに？

研究員　なぜ、無視されたのか、何故、受け入れられないのか、ユーザーはいったい何を求めているのか、それを調べるのがマーケッターの仕事だろう。

マーケ　何を言ってるんだ。あんたら研究員が商品を創らない限り、マーケッターの仕事は始まらないんだよ。

研究員　何を言ってるんだ。『ビッグデータ』の時代なんだろう！　溢れる『ビッグ・データ』からユーザーの求めるものが見えるだろう！

マーケ　いいか、『ビッグ・データ』は、ユーザーと商品の相関関係を明らかにしても、因果関係や指向性を教えてはくれないんだ。

研究員　どういう意味だよ？

マーケ　仮面ライダーの新シリーズのどのおもちゃがどんな子供に売れるかという相関関係は教えてくれても、人々が何を求めているかという根本は分からないんだ。

研究員　でも、なにか手掛かりはあるだろう！　相関関係の中にもさ！

マーケ　毎日、ずっと調べてるさ。

研究員　それで？

マーケ　分からん。

研究員　何が求められているか、分からんというのか!?

マーケ　みんな、とにかく、評論したがるんだ。評論して評論して、猛烈な勢いで現在が過去になっていく。

研究員　なに？

マーケ　みんな、自分のタコ壺に入って、自分の好みをつぶやき続けてるんだ。まとまってひとつになることは絶対にない。今、この瞬間にも小さな好みのタコ壺が増えてるだけなんだ！

研究員　じゃあ、どうしたらいいんだよ！

マーケ　おもちゃっていつごろ出来たか知ってるか？

研究員　なんだよ、急に。

マーケ　二千年も前だぜ。起承転結の物語の成立はたかだか四百年前だって言うのに。

研究員　なるほど。で、それはヒットする商品とどんな関係があるんだ？

マーケ　ない！

研究員　てめえ、今がどんな事態か分かってるのか!?　とにかく、なんとかしないと、このままじゃあ、

マーケ　分かってるよ！　立花トーイがつぶれりゃ、研究員のあんたも、マーケッターの俺も、

研究員　分かってんなら、なんとかしろ！

マーケ　お前こそ！

二人、去る。

社長と部長、出てくる。

社長　このままじゃあ、あと一カ月ともたないでしょうね。

部長　社長。

社長　あなたは毎日、何をしているんですか？

部長　定期報告するように言ってるんですが、

社長　誰が？

部長　研究員やマーケッターに、

社長　彼らのことを聞いているんじゃありません。あなたですよ、あなた。

部長　私は……そういえば社長。

社長　なんです？

部長　さきほど、お嬢様のみよ子さんから、お電話が。

社長　この非常時に何を言ってるんですか。

部長　しかし、急用らしくて。

社長　よほど首を切られたいようですね。なんなら、今すぐ切りましょうか？

部長　そんなとんでもない。
社長　だったら、そんなことどうでもいいと分かるでしょう。
部長　はぁ…
社長　スマホアプリですよ。スマホアプリ。
部長　スマホアプリ……
社長　家庭用ゲーム機が壊滅した今、希望はスマホアプリしかないでしょう。いいですか、『モンスターハンター』に対抗して、『モンスターペアレントハンター』をスマホアプリで出すんです。
部長　『モンスターペアレントハンター』……。
社長　略して『モンペアハン』。学校を襲う凶暴なモンスターペアレントを教師達が狩りまくるという、
部長　社長。先月、我々が『パズドラ』をまねて出したゲーム、なんて呼ばれてるか知ってますか?
社長　なんです?
部長　これは、『パズドラ』じゃなくて、『パクドラ』だね。
社長　うまいこと言いますね。
部長　関心してる場合じゃないでしょう。
社長　ふち子ですよ、コップのふち子は、コップしか使えないでしょう。我々のふち

子は、机とかモニターとか、崖から落ちそうな感じでしがみつくんですよ。名付けて、「死のふち子」！　コップのふち子より、はるかに、応用が効くという、

部長　社長、いい加減にその癖、やめて下さい。

社長　なんです？

部長　当たったものにすぐに影響を受けて、その場限りで盛り上がるパクリ癖ですよ。

社長　じゃあ、君にはいい案があるとでもいうんですか？

部長　ふっふっふっ。いいですか。一時の流行に振り回されるから失敗するんです。我々日本人には伝統が必要なんです。今年はなんと弘法大師が四国88カ所を開いて1200年！　間違いなくブームになります。そこで、四国の寺、88カ所をすべて女性のキャラクターにして、お寺同士が戦うという「お寺これくしょん」略して「寺これ」！

社長　退職金代わりにそのアイデア持って、滅びかけてる任天堂に行きなさい！

部長　お言葉を返して申し訳ありませんが、社長のアイデアと大差ないと思います。

社長　なんですと！

部長　そうでしょう！

社長　……おもちゃってのは時代を現す鏡なんですよ。そのおもちゃが売れないということは、

部長　子供も大人も、遊び心を忘れているということなんでしょうか……。

社長　もう、なんもかんも忘れて、幻の原っぱで遊びたいよ。

部長　いいですね。高等遊民を気取って。

社長　ありましたね、そんな言葉……などと、明治の文豪ごっこをやっている場合じゃない！　いいですか、一週間以内になんとかしなさい！

部長　そんな社長！

社長　うるさい！　社長命令です。とびきりのアイデアを持って来ない限り、あなたはクビです。いいですね！

部長　社長！

社長、部長、退場。
研究員、飛び出てくる。

研究員　（正面を向いたまま）社長、やりました！　今度こそいけます！　ええ、そうです！　これこそ、時代の先端！　究極のディスコミュニケイションゲームです。いいですか、『飛び出せ　どうぶつの森』に対抗して我が「立花トーイ」が出すのは、『引きこもれ　自分の部屋』！　世界に絶望し、引きこもるあなたを、さまざまな誘惑が襲います。次々と人が訪れ、なんとかしてあなたを部屋から引っ張りだそうとします。松岡修造が熱く語り、長澤まさみが生足で迫り、瀬戸内寂聴が説法する。けれど、あなたは引きこもる！　一人を撃退した後、あなたは勝利インタビューを受けます。じつは、そこであなたの趣味や嗜好、弱点を徹底的にリサーチするのです。巨乳好きには篠崎愛が、山崎ランチパック好きには剛力彩芽が次にあなたの部屋のチャイムを押して、

マーケ　いえ、それが！　初期のセールスは好調だったんですが、ユーザーを引っ張りだす有名人へのギャランティーが莫大なものになりまして、はい、続々と似たようなゲームがスマホアプリで発売されまして、各事務所もどんどんと強気の金額を言い出しまして、いつの間にか秋元康プロデュース『引きこもってねあたしの部屋48』が爆発的に売れてまして、

と、スポーツウエアを着た少年が飛び出してくる。

少年　ようし！　いい調子だ！　航平！　いけるぞ！

マーケ　それでは、ちょっとインタビューしてみましょう。（少年に）すみません。最近、はまっているゲームはありますか？

少年　ゲーム？　ゲームといえば、オリンピックゲームに決まってるだろう！　2020年、東京大会は盛り上がるよ！

マーケ　いえ、そのゲームじゃなくて、例えば、『引きこもれ　自分の部屋　スマホ

アプリ　バージョン』なんですけどね。

研究員　私が作ったんですよ。

少年　何、言ってるんだよ。内村航平作ったのは、この俺だよ。

研究員　は？

少年　あんた達か、航平がウブだからって、出来ちゃった結婚、許したのは？　いいか、航平は東京大会で金メダル取るんだからね。2016年のリオデジャネイロなんか、ただの通過点なんだから。そうだ、航平！　チョコレート、好きなだけ食え！　1日3食、ブラックサンダーだぞ！

マーケ　インタビューなの！

少年　えっ？

マーケ　これはインタビューなの！

少年　えっ……生なの？　これ？

マーケ　えっ、まあ……

少年　生放送なんだ……。

研究員　お名前は？

少年　石原慎太郎だあ！

研究員、マーケッター、少年の首をしめる（か、飛び蹴り）。

少年　本名なんだから、しょうがないだろ！

マーケ　……では、石原慎太郎さん、今、一番凝っているものはなんですか？

少年　そりゃあ、東京オリンピックに決まってるだろ。あ、支那は尖閣《せんかく》を諦めないと、参加させないから。

研究員・マーケ　……。

少年　なに？　君たちは、支那に尖閣、やってもいいと思ってるのか？　それでも、日本人か？

マーケ　いえ、あの、私達はおもちゃ会社の人間なんで、

研究員　何かはまってるおもちゃはないかと質問してるんです。

少年　そうねー、最近、一番、遊んだおもちゃは、橋下徹《はしもととおる》かな。橋下徹は面白いおもちゃだったね。

マーケ　いいえ、あの、人間以外で、

少年　人間以外？　何を言っとるんだ。人間が一番、面白いおもちゃじゃないか。

研究員　では、人間の次に面白いおもちゃはなんですか？

少年　いくらくれるの？

研究員　えっ？

少年　だから、答えたらさ。

マーケ　いや、お金は……
少年　ないの!?　じゃあ、ダメだよ。さよなら。
研究員　待て！　3Dプリンターで作った、『ぬれぬれ壇蜜《だんみつ》ねえさん』をあげよう。
少年　えっ？
研究員　壇蜜を立体キャプチャーし、今話題の3Dプリンターで完全に再現した『ぬれぬれ壇蜜ねえさん』をあげよう。
マーケ　下から覗けるぞお。
少年　おじさん。
研究員　なんだ？
少年　困ったら、エロなんだ。
研究員・マーケ　……。
少年　そうだ！　航平！　白井なんかに負けるんじゃないぞ！　母ちゃんと嫁さんの仲が悪くてもしょうがないんだ！　お前は天才なんだからな！

と言いながら、去る。

研究員　……疲れたなあ。
マーケ　ちょっとだけ、飲みに行くか？

研究員・マーケ　おう。

二人去ると同時に、少年、また登場。

少年　ようし、航平！　その調子だ！　何？　東京オリンピックの時に32歳になるから不安だ？　馬鹿野郎！　石原慎太郎は、88歳になるんだぞ！　それでも、大阪から東京まで聖火マラソン、一人で走るんだぞ！　石原を見習え！　そうだ、がんばるんだ！

少年、急に動きを止め、ポケットから不思議な形をしたパズルを出す。

少年　ルック・アット・ディス・パズル。みよ・こ・のパズル。

暗転。
音楽。
文字が映る。
『朝日のような夕日をつれて　２０１４』
以下、映像が続く。

歴代のおもちゃが紹介される。

やがて、映像、終わる。

シーン2

暗転の中、声が聞こえる。

「もういいよ」

「ものすごいんだよ」

「分かったよ」

「まあ、聞けよ」

明かりつく。

そこには、部長と社長から変わった、サングラスをしているウラヤマとエスカワがいる。

二人、観客の視線を感じて……突然、サングラスを外し、

ウラヤマ いるんだよね。えんえん、グルメ自慢する奴。どこそこのラーメン屋は、スープにこだわってるだの、麺がすごいだの。いるでしょ、あんたの周りにも。

エスカワ　麺は星三つなんだけどさ、スープは四つ半なんだよ。あ、『食べログ』は星五つが満点だからさ、

ウラヤマ　好きで聞いてるんじゃないよ。

エスカワ　お前、信じられないぐらいうまいラーメン、食べたことあるか？

ウラヤマ　勝ち誇ったような顔して言われてみなさい。一応、聞くしかないじゃない。

エスカワ　21世紀に入って、ニューウェーブ系ラーメンが元気なくなってきてね、でも、背脂系ニューウェーブは可能性があると思うんだよね、

ウラヤマ　もう分かった、分かった。よし、『しばりしりとり』やろうか？『切ないもの』しばり。いくよ。『富士そば』切ないねー。

エスカワ　『二八そば』の「二八」を、小麦粉二割、そば八割の混合比率のことだと思ってる人が多いんだけど、それは違っていてさ、

ウラヤマ　いつまで勝ち誇った演説やってるんだ。ただでさえ、俺は、

エスカワ　し、静かに！　君の傍《そば》を時代という他人が通りすぎていく。

ウラヤマ　いきなり、難解そうな身振りをするんじゃない。それこそ、時代の機嫌を損《そこ》ねて捨てられるぞ。

エスカワ　きれいはきたない、きたないはきれい。

ウラヤマ　その程度の屈折もテレビじゃあ、伝えられないかもしれない。

エスカワ　面白きこともなき世を面白く、

ウラヤマ　するのはとっても難しい。
エスカワ　黙って働き笑って納税。
ウラヤマ　昭和12年国策標語より。
エスカワ　なあ、ウラヤマ。
ウラヤマ　なんだい、エスカワ。
エスカワ　まったく男一人をこうまでいじめなくてもなあ。しかし、今となってはめそめそしてもしかたがない。私はそう思うよ。そう、考えてみれば、よかったのはずっと昔のことだ。まず、あれは、１９００……
ウラヤマ　いじめられてるのか？
エスカワ　！
ウラヤマ　よかったのか、昔は？
エスカワ　……
ウラヤマ　過去を振り返り、昔話に花を咲かせ、同窓会が生きがいになったのか？　ほう、どんな過去なんだ？　どんな語り継ぐ悲劇なんだ？
エスカワ　お前……
ウラヤマ　夜中、昔話に涙する、お前の未来はどこにあるんだ？

突然、

エスカワ　「背中がゾッとする四文字」シリーズ！　「懲戒解雇」！
ウラヤマ　背中がゾッとする四文字……毛根死滅！
エスカワ　尿管結石！
ウラヤマ　不倫発覚！
エスカワ　離婚協議！
ウラヤマ　生涯独身！
エスカワ　残高不足！
ウラヤマ　妻が敬語！
エスカワ　稲川淳二！
ウラヤマ　泉ピン子！
エスカワ　こないの！
ウラヤマ　産むから！
エスカワ　明日仕事！
ウラヤマ　明日学校！
エスカワ　体重増加！
ウラヤマ　炭水化物！
エスカワ　中国出張！

ウラヤマ　希望退職！
エスカワ　課金制度！
ウラヤマ　既読無視！
エスカワ　原発事故！
ウラヤマ　えっ（ゾッとしすぎて）……

二人の間に一瞬、寒々しい空間が訪れるかと感じる直前、

ウラヤマ　「生きる希望を感じる4文字」シリーズ！　食べ放題！
エスカワ　生きる希望を感じる4文字……飲み放題！
ウラヤマ　やり放題！
エスカワ　世界平和！
ウラヤマ　全裸海岸！
エスカワ　確変継続！
ウラヤマ　肉体関係！
エスカワ　将来安定！
ウラヤマ　精力絶倫！
エスカワ　ベホイミ！

ウラヤマ　酒池肉林！
エスカワ　億万長者！
ウラヤマ　AV鑑賞！
エスカワ　有給休暇！
ウラヤマ　パンチラ！
エスカワ　長期休暇！
ウラヤマ　及川奈央！
エスカワ　栄養満点！
ウラヤマ　15の夜！
エスカワ　ラーメン！
ウラヤマ　ザーメン！
エスカワ　修学旅行！
ウラヤマ　婚前旅行！
エスカワ　温泉旅行！
ウラヤマ　女体盛り！
エスカワ　紅葉狩り！
ウラヤマ　亀甲縛り！
エスカワ　臨時休校！

ウラヤマ　……えっと、えっと、えっと（出てこない）
エスカワ　ほら……ほらっ……ほらっ！
ウラヤマ　（思わず）花電車！　……あっ三文字だ。
エスカワ　……（下ネタの多さに呆れる）
ウラヤマ　……（下ネタの多さに反省）
エスカワ　いつから、ウラヤマはそんなに下ネタを言うようになったんだ？
ウラヤマ　いやはや、なんというか……
エスカワ　（突然）懐かしのＣＭソング！　♪ごはんがごはんがススム君！
ウラヤマ　おかわり！
エスカワ　♪ごはんがごはんがススム君！　君のうち、隣だよ。
ウラヤマ　奥さん、おかまいなく～。
エスカワ　こどもだって、うまいんだもん、飲んだら、こう言っちゃうよ～
ウラヤマ・エスカワ　くう～！
ウラヤマ　たらこ～たらこ～たっぷりたらこ～
エスカワ　カッパッパッ、ルンパッパ、カ～パきざくらカッパッパ！
ウラヤマ　ポンピリピン、飲んじゃった、ちょ～っといい気持ち、
ウラヤマ・エスカワ　の～めるの～めるの～めるの～める、い～けるけるけるける！　黄桜～！
ウラヤマ　（ますます、調子に乗って）べんきょ～しまっせ、引っ越しのサカイ……カ～

カキンキン、カ～キンキン、カ～カキンキン、カ～キンキン！

ウラヤマ、次々と懐かしいＣＭソングを歌い続ける。あきれるエスカワ。

エスカワ　ウラヤマ……。

ウラヤマ　泣いて～いるのか～、わらあ～っているのか～、後ろ姿のきれいなあなた～（エスカワに）ちょっと振り向いてくれますか？

エスカワ　それ、なに？

ウラヤマ　えっ？　エメロンシャンプーだよ。

エスカワ　……しらないよ。

ウラヤマ　（哀願するように）エスカワ！

訪れる寒々しい空間。

ウラヤマ　……（この宇宙を指さして）この夢だけで十分じゃないか。なあ、エスカワ。お前も少しひどいなあ。俺が自分の見た嫌な夢をお前に話さないで、誰に話せるんだ。

エスカワ　内緒なら話さない方がいいだろう。私が我慢できないことは承知しているはずだ。

ウラヤマ　時には俺も考えるね。俺たちは別れた方がいいんじゃないかって。

エスカワ　別れる?

ウラヤマ　だからさ、

エスカワ　いいか、別れるっていうのは、元々くっついていた人間がいて、それが離れるから別れるって言うんだ。

ウラヤマ　だから?

エスカワ　初めからくっついてない人間がどうして別れることができる?

ウラヤマ　じゃあ、

エスカワ　じゃあ?

ウラヤマ　俺達はなんのためにここにいるんだ。

エスカワ　だからさ、

ウラヤマ　暇つぶしか?

エスカワ　(ビクッと)何、お前、今、なんて言った?

ウラヤマ　なにかあるだろう。何か存在意義が。

エスカワ　そんざい・いぎ!?

ウラヤマ　睨《にら》むなよ、そんな。

エスカワ　……。

ウラヤマ　もう行こうか。
エスカワ　ダメだよ。
ウラヤマ　どうして？
エスカワ　ゴドーを待たないと。
ウラヤマ　あ、そっか。
エスカワ　……な、
ウラヤマ　ん？
エスカワ　続き。
ウラヤマ　もういいよ。
エスカワ　だってさ、何かしないとさ、
ウラヤマ　何かあるか？
エスカワ　いや……
ウラヤマ　俺、あるぞー！

ウラヤマ、ドッジボールを出す。

ウラヤマ　ドッジボール！　どうしてだ!?　どうして中学入ったら、みんなパッタリやめたんだ？　俺はずっとやりたかった！

二人、ドッジボールで遊び始める。
続いて、フラフープやダーツ。
そして、ゴム球でのキャッチボール。
ウラヤマ、キャッチボールの最中に、ふと、周りを見て、

ウラヤマ　おい。帰るなよ。もっと遊ぼうぜ。
エスカワ　いいじゃん、いいじゃん。俺たちで遊ぼう。

やがて二人、ボール遊びにも飽きる。

ウラヤマ　なあ
エスカワ　ん?
ウラヤマ　続き。
エスカワ　もういいよ。
ウラヤマ　だってさ、
エスカワ　だんだん遊べなくなってきたね。
ウラヤマ　初めの頃は、

エスカワ　初めの頃は？
ウラヤマ　一日中、続いた。
エスカワ　面白かった。
ウラヤマ　うん。
エスカワ　飽きたのかな？
ウラヤマ　違うよ。
エスカワ　時代かな？
ウラヤマ　まさか。
エスカワ　きっと、
ウラヤマ　面白い遊びが見つからないだけなんだ。
エスカワ　見つければ、
ウラヤマ　またね。
エスカワ　戦争は？
ウラヤマ　見るにはいいかもしれない。
エスカワ　面白い？
ウラヤマ　さあ。
エスカワ　もう行こうか。
ウラヤマ　ダメだよ。

エスカワ　どうして？
ウラヤマ　ゴドーを待たなきゃ。
エスカワ　あ、そっか。

間

ウラヤマ　な、ゴドーって何してるんだろう？
エスカワ　さあ、何してるんだろうね。
ウラヤマ　どんな奴だったっけ？
エスカワ　どんなって、知ってるだろう？
ウラヤマ　うん、知ってるんだけどね。
エスカワ　ああいう奴だよ。
ウラヤマ　ああいう奴かあ。

間

ウラヤマ　次は、「名作に一文字足して、訳が分からなくしよう」！　『キャプテン右翼』！
エスカワ　『鳥人間失格』！

ウラヤマ　『禁じられた女遊び』！
エスカワ　『もののけ姫路』！
ウラヤマ　『春日の局部』！
エスカワ　『カッコーの巣鴨の上で』！
ウラヤマ　『耳をすませばか』！

と、くだらないことを言っていると、音楽が聞こえてくる。

シーン3

少年が、華麗なステージ衣装でマイクを持って登場。
『初めてのチュウ』を歌い上げる。

少年　眠れない夜　君のせいだよ
さっき別れた　ばかりなのに
みみたぶが For You
燃えている For You

ウラヤマとエスカワも、途中からコーラスで参加。

少年　はじめてのチュウ　きみとチュウ
I Will Give You All My Love
何故かやさしい気持ちがいっぱい
はじめてのチュウ　きみとチュウ
I Will Give You All My Love
涙が出ちゃう　男のくせに
Be In Love With You

少年、気持ちよく歌い終わる。
ウラヤマとエスカワも、コーラスで参加できて満足そう。
少年、唐突に、

少年　ゴドーさんは来られないって。
エスカワ　みよ子は？
少年　えっ？

エスカワ　（自分で自分の言った言葉に驚き）いや、ゴドーは来ないのかね。
少年　ええ。
ウラヤマ　証拠。
少年　え!?
ウラヤマ　証拠だよ。
少年　そんな。
エスカワ　信じられないでしょ。あんたの一言だけじゃ。
少年　（丁寧に）ゴドーさんは来られないって。
ウラヤマ　それで？
少年　（別の言い方で）ゴドーさんは来られないって。
エスカワ　君には応用力というものはないのか？
少年　（さらに違う言い方で）ゴドーさんは来られないって。
ウラヤマ　君は応用力というものを誤解しているよ。
少年　（さらに違う言い方で）ゴドーさんは来られないって。
ウラヤマ　頑固というのは、臆病ということだよ。
エスカワ　手紙か何かないのかね？

少年、マイムで手紙を出す。

ウラヤマ・エスカワ　あるじゃないの。

ウラヤマ　（読む）ハーイ。おいらはゴドーかな？　今日は行けない的な？　ごめんな感じ？　ちょっと残念みたいな？　明日、行けたらいいかも。じゃあね、だったりして。

エスカワ　……ゴドーってのは何を考えてるんだ。

ウラヤマ　ダメでしょ。これじゃ、理由が書いてない。

少年　えっ？

ウラヤマ　５Ｗ１Ｈ。

エスカワ　いつ

ウラヤマ　どこで

エスカワ　誰が

ウラヤマ　どうして

エスカワ　どのように

ウラヤマ・エスカワ　やったか。

少年、手紙をマイムで出す。

ウラヤマ・エスカワ　あるじゃない。

ウラヤマ　（読む）前略。ずっと私を待っていただいている方に、私の事情を詳しく説明させていただきます。私事《わたくしごと》の説明にお時間をお取りいただくことに深く感謝を現させていただきます。

エスカワ　いつ？

ウラヤマ　今日でございます。

エスカワ　どこで？

ウラヤマ　そちらでございます。

エスカワ　誰が？

ウラヤマ　私ゴドーでございます。

エスカワ　どうして？

ウラヤマ　どうしてもでございます。

エスカワ　どのように？

ウラヤマ　どのようにでもございます。

エスカワ　やったか？

ウラヤマ　やれなかったでございます。残念でございます。かなしゅうございます。ではこれにて失礼させていただきます。

エスカワ　……ゴドーってのは、何を考えてるんだ。

ウラヤマ　やだよ。この人は。
エスカワ　クイズでもやろ。

エスカワ、ウラヤマ、舞台の隅でクイズを勝手に始める。

少年　あっ！　もう一通あった！

と、大げさなマイム。

ウラヤマ・エスカワ　（無視して盛り上がる）
少年　一番、大事な奴だ！
ウラヤマ・エスカワ　（無視して盛り上がってる）
少年　これで最後だぞ！
ウラヤマ・エスカワ　（さらに盛り上がっている）
少年　もうないんだぞ！　ほんとだぞ！　嘘はいわないんだぞ！
エスカワ　あんた。
少年　はい。
エスカワ　遊んで欲しいの？

少年　はい。
エスカワ　なら、そういえばいいじゃないの。
ウラヤマ　どうして茶化すの？
少年　ゲーム的リアリティしか、コミュニケイションの方法を知らず。
エスカワ　読んでみろよ。
少年　えっ？
ウラヤマ　手紙。
少年　はい。「前略。私はゴドーと言います。お元気ですか？　私は元気です。行きます」
ウラヤマ・エスカワ　!?

音楽！
少年が仕事を終えた満足感と共に退場。
突然、客席にゴドーが登場。

シーン4

マイクを持ったゴドー、「だーっはっはっはっ」と高笑い一発。

通路を歩いて舞台へと進む。

ゴドー　（高笑いの後）どーもどうもどうも、私がゴドーです！　（そして、アドリブで時候の挨拶なんぞをした後）どうですか？　愛してますか？　愛されてますか？　誰かを待っていますか？　誰かに待たれていますか？　あなたを待っている人は誰ですか？　あなたが待っているものはなんですか？　（客席の誰かに話しかける）あなたが待っているものはなんですか？　お給料？　そう……ごゆっくり、お楽しみ下さい。

と、言って、舞台に上がる階段に足をかけ、

ゴドー　お待たせしました。十七年ぶりです。『朝日のような夕日をつれて』よろしく！

と、キメて、舞台へ。

いつのまにか、サングラスをかけたウラヤマ、エスカワとゴドー、ダンス。

ゴドー、音楽を切る合図。突然、話し始める。

ゴドー　お待たせしました！　お待たせしました！　お待たせ続けて数十年！　ゴドゴドゴトッと、ゴドーがやってまいりました。

ウラヤマ・エスカワ　なんだ、なんなんだ？

ゴドー　苦労かけたなあ、えっ、ウラジミール、エストラゴン。

ウラヤマ　ジミー？

エスカワ　ドラゴン？

ゴドー　おうおう、長かったからなあ。さぞ苦労してやつれて……ないな。

ウラヤマ　あんた誰？

ゴドー　ゴドーだよ、ウラジミール。

ウラヤマ　ゴドー？　あんたはゴドーじゃないよ。

エスカワ　うん、そうそう。

ウラヤマ　それに俺、ウラジミールじゃなくて、ウラヤマだよ。

エスカワ　俺はエスカワ。

ゴドー　分かる分かる。さんざん、苦労して待ったんだ。目の前の現実をすぐに信じろったって、無理だよなあ。いいんだ、いいんだ、苦労かけたなあ。服もぼろぼろ……じゃないな。

ウラヤマ・エスカワ　当り前だ。

ゴドー　どうしたんだ？　昨日はドブの中で寝たんだろう。臭いもない！　顔色もいい！　えっ、おい！　人は待つことに疲れたんだろう！

ウラヤマ　ちょっと。

ゴドー　はい。

ウラヤマ　用がないなら、俺たち行くよ。一応、やることやったんだから。

エスカワ　うん。あとは、今日やったことをブログに書いておしまいだね。

ゴドー　おっ、それそれ。君達はいつも行くよ、行くよっていいながら動かないんだ。いいよ、行っても。

ウラヤマ　じゃあ、行くか。

エスカワ　ああ、行こう。

二人、行く。

ゴドー　えっ!?　ちょっ、ちょっと！

ウラヤマ・エスカワ　えっ？

ゴドー　私、『フリーハグ・ジャパン』から来ましたゴドーと言います。

エスカワ　『フリーハグ・ジャパン』!?

ゴドー　はい！　見知らぬ者同士が、自由にハグすることで、愛や平和、なによりも日本人の絆を取り戻そうというグループです。さあ、フリーハグで、幸せを分かち合おう！

ウラヤマ　幸せを分かち合う？

エスカワ　フリーハグで？

ゴドー　そうです！　ただ、抱き合うだけで、愛と笑顔が一杯の世界が生まれるのです。

ウラヤマ　男同士で？

ゴドー　フリーハグに性別は関係ないんです！

ウラヤマ　（突然）エスカワ！

と、エスカワを抱きしめようとする。エスカワ、拒む。

エスカワ　あ、ダメ。こんなとこじゃ、ダメ！

ウラヤマ　エスカワ！　いいじゃないか！

エスカワ　ダメだって。どうせ、遊びなんでしょう！　そんなの嫌！

ウラヤマ　エスカワ！　本気なんだ！

エスカワ　遊びのくせにぃ！　奥さん、いるくせにぃ！

と、ウラヤマとエスカワ、フリーハグをバカにして楽しむ。

ゴドー　バカにするんじゃないぞ！
ウラヤマ・エスカワ　ぴと。（動きを止める）
ゴドー　ウラヤマ！　お前、最近、誰かを抱きしめたことがあるか？
ウラヤマ　えー（不満そう）
ゴドー　エスカワ！　お前、最近、誰かに抱きしめられたことがあるか？
エスカワ　えっ（ドキッ）
ゴドー　邪《よこしま》な気持ちとは関係なく、セックスも前提とせず、ただ、人間として相手を抱きしめ、抱きしめられたことはあるのかと聞いとるんだ。フリーハグは、国も人種も宗教も言葉も歴史も性別も乗り越えて、直接、人間と人間をつなぐんだ。見知らぬ者同士が抱き合う時、思わず微笑みがこぼれ、心の中に渦巻く、不安、孤独、空虚、そんなネガティブな感情が魔法のように消えて行くんだ。（ウラヤマに）さあ、フリーハグしよう！　ウラヤマ、来なさい！

と、両手を広げる。

ウラヤマ　いや、あの……。
ゴドー　ウラヤマ！　さあ、魂のフリーハグだ！

ウラヤマ、ゴドーに近づき、抱き合うかと思われた一瞬、

ウラヤマ　くさー！　ものすごく、臭い！

ゴドー　えっ？

ウラヤマ　脇の下、もの凄く臭いよ！

ゴドー、自分の脇の下の臭いを嗅ぎ、

ゴドー　うっ。（と臭い）一日に何千人もハグするから、ワキガのキツイ人もいてね。臭いが移るんだよ。ちょっと待ってね。

ゴドー、マイムで、制汗剤をシューとする。

ゴドー　くんくん。オッケー。さあ、ウラヤマ！　来なさい！

ウラヤマ　おおー！

と、蛮声を上げてゴドーとがっぷり四つ。

そのまま、相撲になる。

ゴドー　ウラヤマ！　相撲じゃない！　ハグだ！

ゴドー、ウラヤマを突き放し、

ゴドー　ウラヤマ！　お前は真面目にハグするつもりはないのか？
ウラヤマ　女ならハグ。男なら相撲！
ゴドー　……。

と、エスカワが酔っぱらったサラリーマンの格好で（ネクタイを一本頭に巻き、おみやの寿司折りなんかを持って）登場。

エスカワ　てやんでえ、部長の野郎！　俺だって一生懸命やってんだぞ。
ゴドー　（エスカワに）お勤め、ご苦労さまです。
エスカワ　なんだ、あんた？
ゴドー　どうですか？　フリーハグ、しませんか？
エスカワ　フリーハグ？
ゴドー　心、乾いていませんか？

エスカワ　乾いてなんかないね。
ゴドー　最近、誰かと抱き合いましたか？
エスカワ　もちろんだよ。

ゴドー、突然、

ゴドー　嘘つくんじゃねー！

と、エスカワを張り倒す。

エスカワ　ひょえー！
ゴドー　みんな、誰かに抱きしめられたいんだ！

と、哀切なギターのメロディーが聞こえてくる。
ウラヤマが弾いているのだ。

ゴドー　みんな、心のどこかでハグを求めている。それは、少しも恥ずかしいことじゃない。ハグを求めてない人なんかいない。君も僕もあなたもユーも彼も彼女も

エスカワ　エブリバディー、みんな、抱きしめられたいと思っている。そうだろう？　そんな……。

ゴドー　ハグは日本人には向かない？　冗談じゃない。子供の頃、母親に抱きしめられながら、ハグは日本人に向かないと思っていたかい？　つらくてたまらない時、誰かに抱きしめられたいと思ったことはないかい？　哀しみに沈んだ人を見た時、恋人でもないのに抱きしめてあげたいと思ったことはないかい？　思い出すんだ。幼い頃、

と、ウラヤマ、ギターを弾き間違う。調子っ外れの音。

ゴドー　……（ウラヤマを見る）

ウラヤマ　……（「すまん」の合図）

ゴドー　思い出すんだ。幼い頃、母親に抱きしめられた感覚を。思わず、微笑みがこぼれたあの感覚を。

エスカワ　ママ……。

ゴドー　街を人々は忙しく通りすぎていく。街に溢れるのは、無関心、ストレス、競争。けれど、人々に今必要なものは、笑顔。

エスカワ　笑顔……。

ゴドー　インターネットは情報の交換を盛んにした。そして、人間と人間が向き合い、触れ合う機会を奪った。さあ、フリーハグで人間に戻り、生きている喜びを分かち合おう。

エスカワ　でも……

ゴドー　ほんの少しの勇気があれば、君は変わる。君が変われば、友達が変わる。友達が変われば、社会が変わる。

ウラヤマのギター、興奮して早くなりリズムを刻む。
ゴドー、思わず、それにつられて、

ゴドー　チェインジ・ザ・ワールド！　ラブ・アンド・ピース！ユー・アンド・ミー、グレイトスマイル！　つながる世界、微笑む地球、フリーハグ、ハグハグハグハグハグハグググググ……早い！

ウラヤマを見て、

ゴドー　ギター、早すぎ！

ウラヤマ　……（「すまん」と合図）

ギターの速度、元に戻り、

ゴドー　あなたが変われば、周りが変わる。周りが変われば、風景が変わる。風景が変われば、地球が変わる。さあ、来なさい！

エスカワ　ゴドーさん！

エスカワ、ゴドーに走り寄り、抱擁。

ゴドー　エスカワ！

エスカワ　くいくい。

ゴドー　腰は動かさない！

エスカワ　なでなで。

ゴドー　いやらしく撫で回さない！　……さあ、何を感じます？

エスカワ　8×4《エイトフォー》フレッシュフローラルの匂いがします。

ゴドー　フリーハグの匂いです。どうですか？　微笑みが湧いてきましたか？

エスカワ　いえ、別に。

エスカワ、すっと離れて、

エスカワ　こんな感じですか。
ゴドー　えっ!?
ウラヤマ　（エスカワに）じゃあ、行くか。
エスカワ　うん、行こう。

去ろうとする、一瞬、

ゴドー　そうだよなー！　なんかスカッとしたいよなー！　どうだい、俺達の仲間にならないかい？
ウラヤマ　誰だおめえ？
ゴドー　俺か？　俺は『脱法ハーブ友の会』から来たゴドーだ。
ウラヤマ　『脱法ハーブ友の会』!?
ゴドー　こんな時代、正気じゃ生きていけねえだろ！　飛ぶんだよ、キメるんだよ、脱法ハーブで天国、行くんだよ！
ウラヤマ　大丈夫なのかよ。粗悪品じゃねーのかよ。
ゴドー　バカ野郎。ダチのお前らにそんなの売れるかよ。お前、名前なんてんだよ？

ウラヤマ　俺か？　俺は、辻仁成《つじじんせい》だよ。
エスカワ　あたし、爆裂Ｖｉｎｅ女子高生レイカ。
ゴドー　レイカか。可愛いな。
ウラヤマ　キュートだろ。ほれてんだ。
ゴドー　じゃあ、脱法ハーブ決めて、踊りに行こうぜー！
ウラヤマ・エスカワ　いえーい!!

ゴドー、ステップを踏みながら話す。ウラヤマもエスカワも、それにつられる。

ウラヤマ　でも、あんまり俺金持ってないぜ。
ゴドー　どれぐらいだよ？
ウラヤマ　５００円ぐらいかな。
ゴドー　５００円!?
エスカワ　ちょっとお、難しい話、しないでよ。

間

ゴドー　……かわいいな、こいつ。

ウラヤマ　キュートだろ。ほれてんだ。
ゴドー　じゃあ、脱法ハーブ、決めようぜー！
ウラヤマ　合法的に天国行こうぜー！
エスカワ　ひゃあー!!
ゴドー　でもお前、やっぱ、500円じゃ無理だよ。
ウラヤマ　そんなこと言ったってよおー
ゴドー　コンビニか銀行で金降ろして来いよ。
ウラヤマ　近くにあるかなー。
エスカワ　ちょっとお、難しい話、しないでよ。

間

ゴドー　……かわいいな、こいつ。
ウラヤマ　キュートだろ。ほれてんだ。
ゴドー　じゃあ、合法カンナビノイドたっぷり入ったハーブ、決めるぜ！
ウラヤマ　ほんとの天国、行くぜー！

三人、吸うマイム。

三人　すぱあ〜。

三人、いきなり、飛ぶ。

ゴドー　ひゃあ！　おろりにいこうへー！（さあ！　踊りに行こうぜ！）
ウラヤマ　おー！　あひゃまて、おろりあかそーせ！（朝まで踊りあかそうぜ！）
ゴドー　ひゃあー、このハーフ、きくなあー。（ひゃあ、このハーブ、効くなあ）
ウラヤマ　ひゃあー、このハーフ、ほんひにきくなー。（ひゃあ、このハーブ、ほんとに効くなあ）
エスカワ　ひょっとお。むすかりーへなひ、ひないてよ。（ちょっとお、難しい話、しないでよ）

間

ゴドー　……きゃわひひな、こひひ。（可愛いな、こいつ）
ウラヤマ　ヒュートたろ。ほれひんた。（キュートだろ。ほれてんだ）
ゴドー　ひょれひゃあよーお、ナンピャ、ひまくろーせ！（それじゃあよー、ナンパ、しまくろーぜ！）

ウラヤマ　ナンピャ!?　いいれー！　いいひょんな、ひゃかそーぜ！（ナンパ、いいねー！　いい女、探そうぜー！）

ゴドー　ひょんな、ひょんな、ひひひょんな！（女、女、いい女！）

ウラヤマ　ひょんな、ひょんな、ひひひょんな！（女、女、いい女！）

エスカワ　（自分を指して）いいひょんな！　いいひょんな！

ゴドー　いいひょんな、ひょこらあ〜。ひゃなひいな〜（いい女、どこだあ？　楽しいな〜）

ウラヤマ　いいひょんな、ひょこらあ〜。ほんひにひゃなひいな〜（いい女、どこだあ？　ほんとに楽しいな〜）

ゴドーとウラヤマ、なんだか、盛り上がる。

エスカワ　ひょっと！　なにひってんの！　ひょえりまひょう！（ちょっと、何言ってんの？　帰りましょう！）帰るのよ！　さあ！

エスカワ、ウラヤマを連れて、舞台の奥へ。

ゴドー　おーい！　まへよー！　まっへふれよー！（おーい、待てよー！　待ってくれよー！）

ゴドー、足がだんだんとヨタって来る。

ゴドー　（ウラヤマとエスカワを見て）あー、ふひゃりがひっぱい！（二人が一杯！）

ウラヤマとエスカワの映像が舞台の奥にたくさん映る。

ゴドー　ふひゃりがひっぱい！　ふひゃりが…あわあわあわあわ……ぱったり。

と、ゴドー、泡吹いて倒れる。

ウラヤマ・エスカワ　ダメだ、こりゃ。

ゴドー、突然、起き上がり、

ゴドー　そうです！　クスリに逃げてはいけません！　働きましょう！　地に足をつけ

て、しっかりと働きましょう！

エスカワ　あのー、

ゴドー　これは失礼しました！　私、経済団体連合会生産性部門から来ましたゴドーです。

エスカワ　生産性部門？

ゴドー　はい、もはや二度と右肩上がりの経済成長はないと言われるこの国で、どうしたら企業の生産性を上げ、人々の給料を維持するかを研究する組織です。さあ、君たちも一緒に参加しないか？

ウラヤマ　どんな活動をしてるんですか？

ゴドー　働くんです。働いて働いて死ぬまで働くんです。

エスカワ　そんな。

ゴドー　あなた。今、「そんな」と言いましたね。

エスカワ　ええ。

ゴドー　何が問題なんですか？　死ぬまで働くことがそんなに嫌なんですか？

エスカワ　嫌ですよ。ブラック企業じゃあるまいし。

ゴドー　何を言ってるんです！　日本の企業は吉本興行を初めとして9割がブラック企業なんです！　有給は取りにくく、サービス残業は当り前、ノルマがきつく定時には絶対に帰れない！　ブラック企業が嫌ということは、日本では働けない

　　　　　ということなんです！
エスカワ　そんなムチャクチャな、
ゴドー　日本を愛し、日本で働くのなら、日本企業向けに体を改造するのです。そうすれば、すべての悩みは消え、安定した生活が手に入るのです。
ウラヤマ　ほお。
ゴドー　（ウラヤマに）どうだ。会社の奴隷にならないか。
ウラヤマ　えっ。
ゴドー　「えっ」はいらない。「はい」「分かりました」「がんばります」この三つしか使っちゃいかん！
エスカワ　どうして!?
ゴドー　君、失格。「どうして」「なぜ」「なんのために」この三つを使ったら即、クビ！
エスカワ　そんな！
ゴドー　第一問。大切なデートの日、上司に飲みに行こうと言われました。さあ、あなたはどうしますか？
エスカワ　はい！　上司に事情を話して、別の日にしてもらう。
ゴドー　ぶーっ!!
ウラヤマ　……上司とデートする。
ゴドー　ピンポン、正解！　第二問。営業のノルマが達成できませんでした。さあ、あなたはどうしますか？
エスカワ　はい！　自腹を切って商品を買う！
ゴドー　ぶーっ!!
ウラヤマ　……死ぬ。
ゴドー　ピンポン、正解。君、合格！
エスカワ　僕は？
ゴドー　失格。
エスカワ　どうして？
ゴドー　はい、失格。「どうして」「なぜ」「なんのために」この三つを使っちゃダメなの。君、考えるの好き？
エスカワ　ええ。
ゴドー　はい、失格。考えちゃダメなの。社蓄じゃないとダメなの。合い言葉は？
ウラヤマ　……社畜って何？
ゴドー　これだ。
エスカワ　そんな……。
ゴドー　その目！　自分でモノを考えるって目、スカン！
エスカワ　だけどさ、
ゴドー　うるさい！　労働者の権利とか言って会社が成長するか？　儲かるか？　そう

だろう？
ウラヤマ　はい、分かりました、がんばります。
ゴドー　スマホの待ち受け画面は、ワタミ会長。
ウラヤマ　はい、分かりました、がんばります。
ゴドー　初恋の相手はユニクロ柳井会長。
ウラヤマ　はい、分かりました、がんばります。
ゴドー　エッチなんかしてる暇はない。
ウラヤマ　はい、分かり……嫌だ！
ゴドー　女子社員がどんどんやめていく。
ウラヤマ・エスカワ　嫌だ！
ゴドー　女子社員がみんなぶさいく。
ウラヤマ・エスカワ　嫌だ！
ゴドー　その通りだ！　貴様らー！　見込みあるぞー！

と、ゴドー、ウラヤマとエスカワを殴り倒す。

ゴドー　失礼しました。理論より先に手が出るもんですから。自分は『ネトウヨの会』から来たゴドーと言います。今のあなた方の発言に感動したものですから。

ウラヤマ　感動したら殴るんですか？
ゴドー　ネトウヨに理屈はありません。
ウラヤマ・エスカワ　……。

ゴドー、突然、パソコンのキーボードを激しく打つマイム。
やがて、女性的な座り方のまま、演説を続ける。

ゴドー　ブサヨを殺せ！　そして、美しい日本を取り戻そう！　日本人同士が愛し合い、慈しみ合い、助け合う、本当の日本を21世紀に再び、創り上げよう！　半島の奴らを追い出し、陛下の慈愛に満ちた微笑みが広がる、神の国を作り上げよう！

ウラヤマ、エスカワ、その風景を不思議そうに見ているが、やがて、「ああ、あっちの趣味の人なんだ」と理解して、近づき、ちょっかいを出し始める。

ゴドー　みんな、本当の愛がなにか、全く分かってない！　男と女の間になんか本当の愛はない！　本当の愛は、ただひとつ、それは陛下への愛！　国を思う愛、誠の愛！　真実の愛！　無報酬の愛！　返礼を求めない愛！　奉仕の愛！　それが愛！　陛下への愛！　国を愛する愛……やめんか！　なにしてんだ！　お前達！　なんか勘違いしてないか！

ゴドー、立ち上がる。

ゴドー　どうです。私達と共に、この国を変えていきませんか？　時代は我々のものです。すべては無報酬の愛の旗のもとに。ミュージック！

音楽！
ダンス。
そして、唐突に切れる。
倒れるゴドー。
怯えて、小さく縮こまる。

ウラヤマ　君は不幸じゃないね。
エスカワ　君は不幸じゃないね。
ウラヤマ　聞いているのか？
ゴドー　……うん。
エスカワ　じゃあ、どうなんだ？

ゴドー　分からない。
エスカワ　自分が不幸かどうか分からないのか？
ゴドー　うん。
ウラヤマ・エスカワ　（微笑んで）私と同じだ。

シーン5

静かに、世界は「立花トーイ」へと移る。
エスカワ↓社長、ウラヤマ↓部長、ゴドー↓研究員、に変わる。

部長　コンピューター・ゲーム。
社長　アミューズメント産業の一環として発達してきたゲームの一種。
研究員　1972年、アメリカ、アタリ社が原始的テニスゲーム『ポン』を生み、
部長　日本において、1978年タイトーが『インベーダーゲーム』を生んで以来、
社長　コンピューター・ゲームは、あらゆる生物・テクノロジーの持つ進化速度を遥かに凌駕する変化を続け、
研究員　21世紀のさまざまな局面にコンピューター・ゲームは拡散し、

部長　ネットワークへの接続が日常の風景となった。

社長　そのゲーム構造に本質的な終末はなく、

研究員　閉じた宇宙の中の無限ループの果てを見る唯一の方法は、

部長　エントロピー増大の幻の終末に向かっての無限疾走。

社長　すなわち、操作者の、

三人　死のみである。

マーケッター、飛び込んでくる。

シーン6

マーケ　社長！　あっ、社長！　分かりました！　これから求められるゲームが分かりました！

部長　何!?

社長　本当ですか？

マーケ　ええ、これこそ、間違いなく受け入れられます！

研究員　それはなんだ！

マーケ　日本人が、余暇に一番したいことはなんだと思いますか？

社長　なんですって？

マーケ　時間とお金があったら、日本人が一番したいと思っていることです。社長は何がしたいですか？

社長　私ですか……時間とお金があったら……やっぱり、旅行に出たいですね。

マーケ　そうです。日本人全体の希望も、それが一番です。

研究員　だから何が言いたいんだ？　まさか、今さら、『桃鉄』を狙おうなんて、

マーケ　（社長に）『オキュラス・リフト』をご存知ですか？

社長　オキュラス・リフト……ああ、あれですね。あれですよ。なんでしたっけ？

マーケ　『超広視野角ヘッドマウント・ディスプレイ』。それが、オキュラス社の作った、『オキュラス・リフト』です。

部長　おいおい。何を言い出すのかと思ったら、今さらヘッドマウント・ディスプレイか。そんなものはとっくの昔に、

マーケ　今まで、話題にだけはなり、けれど全く受け入れられなかったヘッドマウント・ディスプレイの視野角は、25度から45度の間です。これでは、100度以上ある人間の視野に全く対応していません。しかし、オキュラス・リフトの視野角は、110度。

社長　110度!?

マーケ　論より証拠。こういうことです！

『今までのバーチャル・リアリティー』という表示が出る。

マーケ　（テキ屋の口上のようになり）バーチャルリアリティーだよ！　未来のゲームだよ！（社長に）坊や！　今、話題のヘッドマウント・ディスプレイ、体験してみるかい？

社長　うん。

キャップなんぞをかぶり、いきなり坊やっぽくなった社長、枠だけのヘッドマウント・ディスプレイをつける。（つまり、社長の目は観客から見える）と、研究員と部長が目の前に山形に角度をつけた二枚のパネルを広げる。それは、街の風景。が、視野角40度ぐらいの設定なので、パネルの両脇が空いている。

マーケ　さぁ、つけてごらん。スイッチ・オン！

社長　おお！

マーケ　どうだ、坊や！　すごいだろう！　坊やがつけているのが、ヘッドマウント・

社長 ディスプレイ、そしてこれが未来のゲーム、バーチャルリアリティーだ！

マーケ す、すごい！

社長 じゃあ、上を見てごらん。

上？

社長、上を見る。

マーケッター、部長と研究員と協力して、後ろに折り畳んでいたパネルを上に出して差し上げる。

ビルの上を描いた風景が出る。

社長 おおっ！

マーケ そう、ヘッド・トラッキングシステムによって、君が上を見上げれば、上にあるものが見えるんだ！　これがバーチャルリアリティーだ！　じゃあ、下を見てごらん？

社長 下？

と、下を見る。

マーケッター、部長と研究員と協力して、さらに後ろに折り畳んでいたパネルを下に出し、上に出していたパネルを後ろにしまう。
（操作が難しい場合は、黒衣の格好をしたEが手伝う）

社長　おおっ！

マーケ　これがバーチャルリアリティーだ！　君が下を向けば、下にあるものが見えるんだ！

社長　すごいけど、ここ（と脇を指して）が空いてるよ。

マーケ　そこは見ちゃ、ダメ！

社長　えっ？

マーケ　脇見しちゃ、いけない！　知らないのか!?　脇見運転は危険だって大人は言うだろう！　いいか、坊や、生きるってことは、ただ、じっと前を見ることなんだ！

社長　でもさあ、

と、社長、マーケッターを探そうとして、体の向きを変える。
と、パネルが慌てて、ついてくる。
そして、追いついてから、今度は本をめくるようにパネルを一枚、変える。

マーケ　ほら！　右を見たらなんと、右の風景が見えるんだぞ！　これがバーチャルリアリティーだ！

社長　遅い。

マーケ　えっ？

社長　だってさ、

社長、また、元の方向を見る。

マーケッター（と、部長、研究員）、慌てて、パネルを持って元に戻り、増やしたパネルを元に戻す。

マーケ　どうだ！　君の見た場所の風景が見えるんだぞ！

社長　反応、遅すぎ。

マーケ　えっ？

社長　こんなに遅いの、ありえないでしょ！

マーケ　そんなことないよ！

社長　あのね、

社長、また、右を見る。

マーケッター達、パネルを開きながら移動する。

マーケ　ほら！　君が右を見たら、右の風景が！

社長、すぐに左、元の方向を見る。

マーケッター達、慌ててパネルを戻しながら左に。

社長、ちょっと右へ。

マーケッター達、慌てて、またちょっと右へ。

マーケ　（そのたびに）左を見たら左の、右見たら右の、やっぱり左を見たら、

社長　全然、遅い！

マーケ　坊や……。

社長　反応、遅すぎ！　なんで？　なんでこんなに遅いの！　未来のゲーム、バーチャルリアリティーなんでしょう！

マーケ　バーチャルリアリティーは、せっかちな人は嫌いなんだ。

社長　えっ？

マーケ　未来はもっとゆっくり、もっと穏やかに楽しむものなんだ。さあ、ゆっくりと振り向いてごらん。

社長　ゆっくり？

社長、ゆっくりと左を見る。

マーケッター達、ゆっくりと動く。

マーケ　そう！　この速度！　これが未来のバーチャルリアリティーなんだ！

社長　（ヘッドマウント・ディスプレイを外して）こんなの未来じゃない！

マーケ　（悲鳴）坊や！

『今までのバーチャルリアリティー』という表示が『オキュラス・リフトの場合』と表示される。

オキュラス・リフトタイプのヘッドマウント・ディスプレイで、正面の部分が抜けて、枠になっているものを社長がつける（つまり社長の目はやはり観客から見える、ということです）。

マーケ　一方！　オキュラス・リフトの視野角は、１１０度。社長！　どうぞつけてみてください！　こういうことです！

110度、かなり広がった屏風状のものを、部長と研究員が持ってきて、社長を半ば、包み込むように置く。

屏風状のものは、花畑が透明なビニールに（または、うすい紗幕などに）描かれている。

つまり、観客はビニールか紗幕越しに、社長の姿が見える。

社長　おおっ！
マーケ　どうです？
社長　すごい。お花畑に囲まれているようです！　なんですか、この感覚！
マーケ　視野角110度は、今までのバーチャルリアリティーと、没入感が違います。
社長　没入感……そうです。すごいです！
マーケ　こんなのはどうです!?
部長と研究員、そのビニールか紗幕を取る。
それは、ただの屏風状の枠となる。
社長　おお！　今、私はまるで、まるで、
マーケ　劇場にいるような感覚でしょう？

社長　そうです。まるで、舞台の上に立って、客席を見ているような感覚です。
マーケ　社長が高校生の時、演劇部にいたとお聞きしましたので、私からのささやかなプレゼント、劇場ソフトです。
社長　（感激して）マーケッター、あなたって人は……
マーケ　上をごらん下さい。

社長、上を見上げる。
研究員と部長、（マーケッターかＥも協力してか）枠を差し上げる。
と、文字幕の近く（または舞台上方）に、仮面をつけた人形がぴょっんと現れる。

社長　おおっ！　あれは!?
マーケ　『紀伊國屋の怪人』です。
人形、胸に『50』の数字。
社長　おおっ！　50周年か！

人形、さっと引っ込む。

マーケ　下をご覧下さい。

社長、下を見る。

研究員と部長（マーケッターまたはＥもか？）枠を下にする。

社長　おお！　これが舞台の床ですか！　けっこう汚いですよ！

マーケ　社長、どうです？　これが、没入感です。

社長　なるほど！　これが没入感ですか。マーケッター、

と、社長、マーケッターを探す。

振り向いた瞬間、部長か研究員、枠をさっと横に滑らせるように投げ、マーケッターが受け止める。（つまり、枠はものすごく早く動く）

社長　おお！　ずれない！　反応が遅くない！

マーケ　反応の遅れのことを、専門用語で、レイテンシー、遅延性と言います。オキュラスリフトは、ぎりぎりまでレイテンシーを押さえることに成功したのです。

社長　な、なんと！

社長、マーケッターの話を聞きながら、何度か振り向く。
そのたびに、部長や研究員、マーケッターが枠を素早く移動させる。

マーケ　（移動させながら）もちろん、まだまだ進化途上です。今年より、来年。来年より再来年と、レイテンシーはさらに改善されていくでしょう。肝心なことは、今まで、バーチャルリアリティーは、テクノロジーの限界がビジョンの限界だと思われていたということです。今、やっとテクノロジーがビジョンに追いつき始めたのです！

社長　素晴らしいが、高いんじゃないですか？　今までのヘッドマウント・ディスプレイは、七万円とか八万円しましたよ。それじゃあ、いくらなんでも、

マーケ　現在、オキュラス・リフトは３００ドルです。もちろん、量産が続けばもっと安くなっていくでしょう。

社長　３００ドル！　素晴らしい！　本当に素晴らしい！

部長　だからなんだというんだ!?

『オキュラス・リフトの場合』という文字が消え、枠もなくなる。
社長は、オキュラス・リフトを外す。

社長　部長、どうしました？

部長　オキュラス社からいくらもらったのか知らんが、だからどうするんだ？　いいか、ソニーのプレステ4も『プロジェクト・モーフィアス』という名前のヘッドマウント・ディスプレイを発売するんだ。そして、なんだ？　シューティングか？　アドベンチャーか？　本当にそんなものが売れると思ってるのか？

社長　そうです。それはそうです。

研究員　同感ですね。一部のマニアは熱狂しても、とても、大きなヒットにつながるとは思えません。

マーケ　なんのために、日本人の一番の希望が旅行だと、最初にお話したのか分かっていただけてないようですね。

研究員・部長　なに？

マーケ　我々『立花トーイ』がオキュラス・リフトのために開発するのは、ユーザーを『ここではないどこかへ』つれていくソフトです。

研究員　ここではないどこか？

部長　だからどこなんだ？　ジャングルか、ゾンビの住む街か？

マーケ　それは、ただの非日常です。そんなものに熱狂するのは、一部のマニアだけです。

研究員　まさか、沖縄とか北海道とか、観光地の風景を映そうというのか？（呆れたように）だから旅行なのか？

マーケ　違います。

部長　だったら、

マーケ　私達がフォーカスを当てるのは、『日常』です。

研究員　『日常』……。

部長　（突然笑いだす）

社長　部長、どうしました？

部長　何を言い出すのかと思ったら。ヘッドマウント・ディスプレイを使って見せるものは、日常？　そんなことは、もう三十年も前に試したよ。『立花トーイ』が作った『リアル・ライフ』だよ。

社長　あっ。

部長　大失敗だったよ。何故か分かるか？『日常』は退屈だからだ。どんなにリアルな新宿や渋谷をヘッドマウント・ディスプレイの中に映し出しても、日常は退屈なんだよ。

マーケ　だからこそ、退屈ではない『日常』を映すのです。

部長　なに？

マーケ　日常の中にある非日常。我々が目指すものはこれです。

社長　日常の中にある非日常……。
研究員　なんだ、それは？
マーケ　例えば、社長。オキュラス・リフトで、ヤンキースの田中のまー君の投球を見るのはどうです？
社長　なんですって？
マーケ　審判の横に360度のカメラを設置し、立体にデザインされた音をヘッドホンで聞けば、簡単に大リーグの試合を体験することができるのです。スタンドを見上げれば、そこには、いつも里田まいちゃんがいる。
社長　ほお。
マーケ　ワールドカップのベンチにも、あなたが好きなアイドルのステージの上にも、高円寺阿波踊りの阿呆の中にも、オキュラス・リフトひとつで簡単に入ることができるのです。
社長　なるほど！
研究員　ちょっと待て。それはどこがゲームなんだ？
部長　そうだ。それはゲームじゃないだろう。
マーケ　コンピューターを使って、非日常を体験する。それはもう、コンピューター・ゲームです。
部長　バカな。

マーケ　『パズドラ』が考えられた時、「パズルを解いてどうしてドラゴンを倒せるんだ」と笑われたという話、ご存知ありませんか？

研究員・部長　何？

マーケ　たしかにドラゴンとパズルはなんの関係もない。けれど、パズルが解かれるとドラゴンは死ぬ。『ビッグデータ』に頼らない、大胆な発想の転換がヒット商品には必要なのです。

研究員　残念だが、そのアイデアには根本的な欠陥があるな。

マーケ　どういうことだ？

研究員　大リーグやサッカーの試合をオキュラス・リフトで見たいと思う奴はいるだろう。ただ、ほとんどは、生中継を見たいんだ。過去の試合を、オキュラス・リフトをつけて見たい奴がはたしてどれぐらいいるかな？

マーケ　生中継ですよ。もちろん。

研究員　オキュラス・リフトにはそんな機能はないだろう。それは、ただの高性能ヘッドマウント・ディスプレイだ。

マーケ　我々は、一人一台、日常の風景の中で、高性能のコンピューターを持っているじゃないですか。

社長　それは……

研究員　（ハッと）まさか、

マーケ　そう。

マーケッター、ポケットからスマホを出し、オキュラス・リフトの前に差し込む。

マーケ　我々が開発するソフトは、オキュラス・リフトに対応するスマホ・アプリです。
研究員　そんな！
マーケ　スマホの画面が二分割され、直接、オキュラス・リフトの画面になるように設計するのです。今この瞬間、日常で起こっているあらゆる非日常を、スマホはオキュラス・リフトに伝え、我々を「ここではないどこかへ」連れて行ってくれるのです。
社長　……素晴らしい！　私は今、本当に感動しています！　研究員、さっそく開発に取りかかりなさい！
研究員　社長。
社長　さあ、急ぐのです！

音楽。
全員が、オキュラス・リフトをつける。
映像が、あらゆる風景を映し始める。

全員、オキュラス・リフトをつけたまま、ダンスのようなもの。
音楽、急に小さくなり、全員、オキュラス・リフトをつけたまま、

部長　待て。こんなものが完成したら、人はオキュラス・リフトの前から一歩も動かなくなるじゃないか。
マーケ　だから？
部長　いいか。『立花トーイ』が目指すおもちゃは、暇つぶしのためなんだ。これじゃあ、まるで、
マーケ　まるで？
部長　『人生つぶし』じゃないか。
マーケ　えっ……。
社長　待ちなさい。まずは、作ってみることです。そして、それがどんな結果を産むかは、民をして語らしむのです。我々は、コンピューターの可能性を追及するだけです。いいですね。
部長・研究員　社長！

全員、適時、オキュラス・リフトを外す。

社長　社長命令です。コンピューターは進化する。いい、悪いじゃないんです。それが事実です。（マーケに）いやあ、じつに素晴らしいアイデアです。
マーケ　（ぐるるるる、と猫のように喜ぶ）
社長　それにひきかえ……
研究員　誰に聞いた？
マーケ　えっ？
研究員　誰に教えてもらったんだよ。
マーケ　何を言ってるんだ。嫉妬は醜いよ。
研究員　バカ野郎。お前がこんなにコンピューターに詳しいはずないんだよ。「スカイプ」のことをずっと「スカイペ」って言ってたじゃないか。
マーケ　勉強だよ、勉強。千里の道も大江から、だよ。
研究員　なにぃ？
マーケ　ローマは一日にしてイタリアの首都。海老で鯛をキャッチアンドリリースだよ。
研究員　このやろう、訳の分からんことを。
社長　まあ、いいじゃありませんか。誰から聞こうと、結果が良ければいいんです。ビジネスとはそういうものです。
研究員　資料を見せてみろよ。
マーケ　いやだね。

研究員　見せろよ！

研究員、マーケッターのノートを奪うマイム。

そのまま、広げて、

研究員　こ、これは！

部長　どうした!?

研究員　勉強している。

部長　ほんとだ。几帳面な字だ。

研究員　ノートの左端には、定規で線を引いて、四色に色分けされた小見出しまでつけている。お前ひょっとして、

マーケ　なんだ？

研究員　A型か？

マーケ　ああ。

研究員　負けたあ。マイペースで他人のプライバシーにずけずけ入っていくさびしんぼうのB型が負けたあ！

マーケ　分かればいいんだよ。

マーケッター、舞台の隅に行き、

マーケ　(独白) あっぷねえ。ざけんなよ、研究員、やっぱ、みよ子さんのノート写しといて正解だったよ。

社長・部長・研究員　聞いたぞー。

マーケ　えっ!?

社長・部長・研究員　全部、聞いたぞー。

マーケ　きたねえ! 盗み聞きしてやんの!

研究員　バカかお前は! そこで喋れば、全部、聞こえるだろうが! 盗み聞きしなくても、入ってくるんだよ!

マーケ　約束事だろ! こうやってスミに行って、ちょっこと体丸めて喋ったら、それは独り言だっていう、演劇伝統の約束事だろ! (客席に) そんなのみんな納得してるよ、ねぇ!

研究員　お前、A型を装った、肝心なことはいつも抜けているO型だな!

社長　(うっと傷つく)

マーケ　違うよ!

研究員　じゃあ、一生計画だけ練って、平凡な人生に終わるAB型だな!

部長　(うっと傷つく)

マーケ　違うってば！

研究員　じゃあ、なんでそんなことを言い出すんだよ！

部長　ソーシャルネットワーク病だよ。

研究員　ソーシャルネットワーク病？

部長　自分の本音を押さえておくことが出来ず、誰にもバレないと思ったら思わず吐き出してしまう病気だ。

社長・研究員　ソーシャルネットワーク病！

そこはオフィスの風景となる。

部長　あー、ムダにイケメン君。

マーケ　なんでしょう、佐渡島《さどがしま》部長。

部長　今日、残業してくれるか。

マーケ　はい、分かりました！

部長　気持ちいいねえ。ムダにイケメン君はいつも返事がさわやかでじつに気持ちいい。

マーケ　はい！

部長、自分のデスクに戻って仕事。

マーケッター、パソコンのキーボードを叩く。

マーケ　バカ部長からまた、むかつく残業指示。ふざけるな。バカ佐渡島。トキと一緒に死ね。……ん？　なんだ？

社長がパソコンの画面の中に現れて、

社長　はーい、ムダ君。社長でやんすよ。「友達申請」してもいいかな？　いいとも！が終わってバイキングも終り！

マーケ　ふざけるなよ！　お前なんか友達じゃないよ。お前は社長だよ！　会社の上司だよ！　友達じゃないよ！（キーボードを叩いて）……申請、承認。メッセージ……社長の友達になれて本当に嬉しいです……やってらんねーな。（キーボードを叩いて）アホ社長から友達リクエスト。今度、殺そう。

と、研究員が女性の長い髪のカツラをつけて、マーケッターに近づき、

研究員　ムダにイケメンさん。

マーケ　あ、富田林《とんだばやし》課長。おはようございます。

研究員　どういうこと!?
マーケ　えっ？　なんですか？
研究員　私が作った料理、気に入らないの？
マーケ　えっ？　料理!?
研究員　昨日の夜、私の作った料理の写真、見たでしょう？
マーケ　はい。
研究員　じゃあ、なんで「いいね！」押さないの？　なんか私に恨みでもあるの？
マーケ　すみません。忘れました。
研究員　こんな大切なこと、忘れていいと思ってるの？　おかしいんじゃないの!?

研究員、ぷりぷり怒りながら去る。

マーケ　ふざけんじゃねーよ。（パソコンを操作して）「いいね！」「いいね！」「いいね！」これでどうだ！
部長　（突然）ムダにイケメン君！　どういう意味だね!?
マーケ　は？　なんでしょうか？
部長　なんで、「母が胃ガンの宣告を受けた」っていう近況に「いいね！」なんだ。君は私の母親が胃ガンになって嬉しいのか!?

マーケ　いえ、そんな、
社長　（突然）ムダにイケメン君！　どういうことなんだ！
マーケ　は？　なんでしょうか？
社長　友達になっていきなり、「最近、抜け毛が多い」に、なんで「いいね！」なんだ！
君は私がハゲればいいと思っているのか!?
マーケ　違いますよ！　ふざけんじゃねーよ。やってらんねーよ！　ハゲ社長がよ！
研究員　ムダにイケメンさん。ネットじゃなくて、リアルでつぶやいてますよ。
マーケ　あっ。
社長　ムダ！　お前は首だ！

マーケッター、キーボードに触り、

マーケ　今日、俺は辞表を叩きつけてやった。

会社の風景、なくなる。

研究員　これが、ソーシャルネットワーク病ですか。
部長　そうだ。

研究員　マーケッター！　俺は哀しいぞ！共に立花トーイを盛り上げようと思っていたお前が、こんな悪魔の病に犯されるなんて！
部長　今からでも遅くない！　匿名ブログから手を引くんだ！
研究員　匿名でコメント書きまくって、ストレス発散するんじゃねー！
部長　三つも四つもアカウント作って、つぶやき分けるんじゃねーよ！
研究員　バカッター見つけて、血祭りにするんじゃねーよ！
部長　（社長に）言ってやって、言ってやって。
社長　……どうしてみよ子と会ったんです？
部長・研究員・マーケ　えっ。
マーケ　それは……
社長　いつです。
マーケ　つまり……
社長　二度と会うことは許しませんよ。
マーケ　いえ、私は社長がご心配なさっているようなことは、
部長　君は分からんのかね。社長は娘のみよ子さんを仕事のことでわずらわしたくないんだ。
社長　ビジネスとは汚いものだからね。
マーケ　はあ。

研究員　お前、まさか、仕事の話にかこつけて、デートみたいなこと、しなかっただろうな。
マーケ　いや、それは……
研究員　なに、この野郎！
マーケ　お前だって、
研究員　何を、
社長　なんですって!?　みよ子です。みよ子を呼びなさい。みよ子！

突然、

ゴドー　みよ子のバカヤロー！　なんでだよ！なんで分かってくれないんだよ！　俺を誰だと思ってるんだ？　そりゃあ、今はイマイチな研究員やってるよ。だけど、俺はゴドーだぞ！

マーケッター、この言葉を聞いて、慌てて退場。

ゴドー　人間を救うゴドーだぞ。なのに、俺をスルーするってどういうことなんだよ！
ウラヤマ　勝手にゴドーの世界に入るな。こっちにも都合がある！

ゴドー　みよ子！　俺の話は絶対にタメになるんだから。だから、じっくり聞いてくれるとさ……あー、さんざん、思わせぶりな態度を見せといて、なかったことにするつもりだなー！

ウラヤマ　うるさーい！　お前はいいよな。お前は、思わせぶりな態度、見せられたんだろ。なんかあったのに、なかったことにされるんだろ。俺なんか、俺なんか『秒殺のウラヤマ』だぞ。初めからなんにもないんだぞ。生まれて初めて好きな女に告白しようとして、「すみません」

ゴドー　あ、無理。

ウラヤマ　って、秒殺されたんだぞ。それでも、勇気振り絞って、三年後に二人目に告白したら、「あの」

ゴドー　キモッ。

ウラヤマ　って、一秒以下で断られたんだぞ。それでも、必死になって五年後に三人目に、「好きです」

ゴドー　ぎゃあー！（悲鳴）

ウラヤマ　って、警察呼ばれたんだぞ。それでもなあ、それでもなあ、人を本気で愛した思い出は、暗黒の時代を生きる希望の灯台になっているんだ。分かったか！

ゴドー　（激しくうなづき）作ろう！　あらゆる女を虜《とりこ》にするゲームを作ろう！

ウラヤマ　ゲームで虜にして、そのまま、

ゴドー　ゲームへの愛を恋愛感情だと勘違いするような、そのままベッドになだれ込めるような
ウラヤマ　素敵なゲームを作ろう！
ウラヤマ・ゴドー　みよ子のためにゲームを作るぞー！
ゴドー　全ての女のためにゲームを作るぞー！
ウラヤマ　ゲームへの愛はみよ子への愛！
ゴドー　みよ子への愛はゲームへの愛！
ウラヤマ

シーン7

と、『進撃の巨人』の立体機動装置をつけたリヴァイ兵長の格好で少年、登場。

少年　おい、ガキ共、陣形を崩すなって言っただろう！
三人　……。
少年　（ゴドーに）ミカサ、（ウラヤマに）エレン、長距離索敵陣形に戻れ！（エスカワに）エルヴィン、お前はヤツの右前方に回って注意を引け。オレがヤツを削《ケズ》る。ミカサ！　何をしている！　赤の真煙弾を撃つんだ！　急げ！

少年、ウラヤマに駆け寄り、ウラヤマの手を取り、

少年 エレン、どうしても巨人化したいのか。やりたきゃ、やれ。俺には分らない。（少年、ウラヤマの手を激しく振り）エレン！ 暴走をやめるんだ！ 全員！ 巨大化したエレンをとめろ！

少年、スローモーションで「しゅんしゅんしゅん」とか口で言いながら、ウラヤマの後ろに回ろうとする。

ウラヤマ、普通の動きで、少年の頭を叩く。

少年 ……。（周りを見て）おっ！ いつの間にか、巨人が三体も！ このリヴァイをなめるな！ 立体機動、展開！

少年、再び、スローモーションで「しゅんしゅんしゅん」と言いながら、三人の周りをスローモーションで回る。ウラヤマ、エスカワ、ゴトー、すーっと少年の周りに集まる。

エスカワ、スローモーションの少年を例えば、軽く突き飛ばす。

少年、倒れるが、また、スローモーションで「しゅんしゅんしゅん」と言いながら起き上がり、

少年　……。しゅんしゅんしゅん。

ウラヤマ、例えば、少年を軽くビンタ。

少年　……。しゅんしゅんしゅん。

ゴドー、例えば、少年をつねる。

少年　痛い、痛い。……しゅんしゅんしゅん。

三人が、また、少年に集まろうとする。

少年、三人から飛び出し、

上を見て、

少年　おお！　15メートル級の大型巨人だ！　ウォールローゼが危ない！　なんだ！

ガス切れだ！　お前達が巨人になったりするからだぞ！　くそう！　ああ！

と、巨大な足が下りて来る。
少年、それに踏まれる。

少年　うおー！

と、足を持ち上げて、

少年　……覚醒。ゴドーの覚醒。

シーン8

音楽。
少年、去る。
ゴドー2がゆっくりと現れる。

ゴド２

トランシルバニアのサミーが死んだ
バージンロードの途上で死んだ
スワン・ソングは海を越え　時計台までやってきた
仲間は誰もいなかった
赤い自転車途方に暮れて　宛名捜して日が暮れた
ネクタイで首をくくったクルーは笑い
アンリはシャドウで涙をかいた
仲間は誰もいなかった
サミーはスワンを待っていた
スワンの足のバスケット
昔の笑いと幸せのきっちりつまったバスケット
だけど仲間はもういない
天国と空の隙間の雲の上
サミーはセピアの涙を出した
だけど仲間はもういない
赤い自転車考えて
スクエアビルの屋上に
石の重しを置いたまま

宛名不明のスワン・ソング
風の吹かれるままにした
サミーは初めて微笑んだ
きっと仲間ができるだろう
きっとみよ子は微笑むだろう
ゴドーだぞ！

ゴドーは、ゴドー１の表記となる。

ゴドー１　きさまぁ！

激しい火花を散らす、ゴド１とゴド２。
ダンス。
音楽を、ゴド２が唐突に切る。

ゴド２　私がゴドーだ！
ゴド１　私がゴドーだ！
ウラヤマ　嘘つきは誰だ⁉

特徴的なテーマ音楽と共に、
『嘘つきは誰だ!?　ゴド狼』
という表示が出る。

ウラヤマ　さあ、みなさん、お待ちかね、『嘘つきは誰だ？　ゴド狼《ろう》ゲーム』の時間がやってきました。二人のうち、本物のゴドーは誰か？　もう一人は村に紛れ込んだ『ゴド狼』です。さあ、一緒に推理するのは？

エスカワ　こんにちは。占い師のサイババです。あなた、お名前をどうぞ。

ゴド1　本家ゴドーです。

エスカワ　あなたは？

ゴド2　元祖ゴドーです。

エスカワ　う～ん。

ウラヤマ　さて、占い師のサイババさん、早くも混乱していますが、サイババさんも占い師とは限りませんからね。じつは裏切り者かもしれません。

ゴド2　そうなんですか!?

ゴド1　ありえますね。

ウラヤマ　元祖ゴドーさん。本家の方にはさきほど質問したんですが、愛についてはどう思われていますか？
ゴド2　私を唯一、成長させてくれるもの、それが愛です。
ゴド1　偉そうに、何言ってんだよ。
ゴド2　あなた！
ゴド1　なんだよ。
ゴド2　ラブシーンとベッドシーンを混同してはいけませんよ。
ゴド1・ウラヤマ・エスカワ　えっ？
ゴド2　出席を取りまーす！

授業開始のベルが鳴る。
『愛は惜しみなく歌う』
という座右の名のような文字が出る。

ゴド2　ウラヤマ君。
ウラヤマ　は〜い。
ゴド2　違うだろう！　君の担当はこれだろう。
ウラヤマ　えっ？

と、ゴド2、袖からキーボードを出して、「ド」の音を叩く。

ゴド2　（ドの音で）は－い。……これだ。ウラヤマ君。はい、この音で。
ウラヤマ　（戸惑いながらも、ドの音で）は～い。
ゴド2　そうだ。次、エスカワ君。
エスカワ　は～い。
ゴド2　全然違う！　君の音はこれだ！

と、「ミ」の音を出す。

ゴド2　ほら。（ミで）は～い。
エスカワ　（戸惑いながらも、ミの音で）は～い。
ゴド2　まあ、いいだろう。次、おっ、私と同じ名前か。おかしいな。とりあえず、ゴドー君。
ゴド1　は～い。
ゴド2　全然、ダメ！　音痴！　最低！　問題外！（ソの音を出して）これだよ！
（ソで）は～い。音痴の君に出来るかなあ？
ゴド1　（ソで）は～い。

ゴドー2　ん〜、微妙にズレてるけど、しょうがないか。そして、ゴドー先生。（自分で、高いドの音で）は〜い！　いいねえ。今日も元気だ、はじける声帯！　それじゃあ、全員、一緒に、さんはい！

全員　（それぞれの音で）は〜い。

ゴドー2　それじゃあ、今日も楽しく授業しましょう！　いいですか。「歌を愛する人に悪い人はいない」歌うことは愛することです。

ウラヤマ　先生。

ゴドー2　違うでしょう！（ドの音を出して）せんせ〜い。……ウラヤマ君の担当はこの音でしょう。

ウラヤマ　（ドの音で）せんせ〜い。

ゴドー2　（高いドの音で）なんですか〜。

ウラヤマ　……（ドの音で）なんでもありませ〜ん。

エスカワ・ゴドー1　……。

ゴドー2　それでは、まずは発声練習です。先生についてきて下さい。あ〜あ〜あ〜あ〜あ。

と、ゴドー2、「ドミソミド」の基本発声を始める。

生徒達　（嫌々、真似をする）
ゴド2　（ドの音）あれえ？　やる気ないのかなあ？（ミの音）やる気のない人は、やる気がでるまで、（ソの音）教室の真ん中で（高いドの音）6時間ぐらい独りで（威圧的な口調で）踊ってもらいましょうかね。……さんはいっ！
生徒達　（それなりに発声をする）
ゴド2　（高い発声）
生徒達　（真似をする）
ゴド2　（さらに高い音）
生徒達　（なんとかついていく）
ゴド2　（かなりのハイトーンまでいく）
生徒達　（ほとんどでない）
ゴド2　どうしてでないんだ!?　そんなにやる気がないんなら、全員まとめて、留年だぞ！　さん、はい！
ウラヤマ　先生。
ゴド2　ウラヤマ君、その音じゃないだろう！
エスカワ　先生、その高さは、
ゴド2　エスカワ君、その音じゃないだろう！
ゴド1　先生、その高さは無理です！

ゴドー2　ゴドー君、その高さじゃないだろう！　さんはいっ！

ウラヤマ　（音にあわせて）せんせ〜。

エスカワ　（音にあわせて）その高さは〜

ゴドー1　（音にあわせて）無理です〜

三人　（ハモッて）先生、その高さは無理です〜。

ゴドー2　（2オクターブ高いドで）そうですか〜！

生徒達　……。

ゴドー2　それでは、今日は愛の歌です。みなさん、「愛の歌」といえばなんですか？

ウラヤマ君。

ウラヤマ　（歌いながら）愛の歌といえば〜

ゴドー2　普通に喋っていいよ。時間がかかってしょうがないからね。

ウラヤマ　！　……ええと、『愛の水中花』

エスカワ　『愛燦燦《あいさんさん》』

ゴドー1　『時には娼婦のように』

ゴドー2　……しぶいとこ、ついてくるねえ。もうちょっと健全なのはないかな？

ウラヤマ　西野カナ『会いたくて　会いたくて』

エスカワ　シャ乱Q『こんなにあなたを愛しているのに』

ゴドー1　槇原敬之《まきはらのりゆき》『もう恋なんてしない』

ゴド2　いいですか！　愛そのものを目標にしてしまうと、私達は却って、愛を失ってしまうのです。
ウラヤマ　えっ？
ゴド2　大切なことは、一歩一歩、着実に生きることです。額に汗して、真面目に生きる、その結果、愛を獲得するのです。
ゴド1　適当なこと言ってるんじゃねーよ！
ゴド2　みなさん！　愛そのものを目標にして、愛が手に入りましたか？　愛を求めれば求めるほど、遠ざかったんじゃないですか？
ウラヤマ　そう。そうです！
ゴド2　宿題で出していた歌は、「地道に生活すること」の大切さを歌った曲です。覚えてきましたか？　さあ、歌いましょう！
ウラヤマ　歌います！　さあ、みんな、歌おう！
エスカワ　ウラヤマ……。
ゴド2　ようし。それじゃあ、まず、先生が歌うから、みんな、ついてくるんだよ！
ミュージック、スタート！　ライト・オン！

音楽が始まる。『アナと雪の女王』のメロディー。
ゴド2、ショウアップされた明かりの中、気持ちよく歌い始める。

ウラヤマ、エスカワ、ゴド1、途中であきれて去る。

ゴド2 ♪働き続ける　ボクは　行列作って
暗い巣の中に　エサを運ぶ
人間に踏まれて　仲間が死んだ
ハチや蝶が　うらやましい
キリギリスに　なりたいと　誰にも打ち明けずに　悩んでた
でも　今　目覚めた

突然蟻の格好をしたウラヤマ達、歌いながら登場。
ゴド2もあっという間に、蟻の格好になる。

全員 ♪蟻のままの姿　見せるのよ
蟻のままの　自分になるの
蟻は蟻なのよ　吹けば飛ぶ
数だけは負けないわ
これでいいの　蟻を好きになって

蟻のままの　自分信じて
フェロモン　出しながら　歩きだそう
踏まれても死なないわ

と、歌い上げ、終る全員。

ゴド2　これが、地道に蟻のように生きる歌だ。先生の言いたい事、分かってくれたかな。
ウラヤマ　はい！　先生！　蟻のままですね！
エスカワ　でも、先生。
ゴド2　なんです、エスカワ君。
エスカワ　蟻ってあんまりかっこよくないと思うんです。
ウラヤマ　えっ。
ゴド2　君達は蟻です。かっこいいとか悪いとかの問題ではありません。この当り前の事実を認めないから、自意識に苦しめられてひいひい言うのです。君達は華麗に大空に舞う、蝶やハチじゃない！　なのに、蝶やハチになりたいと思いましたね、エスカワ君。
エスカワ　えっ……ええ。

ゴド2　いいかげん目を醒ましなさい！　君達は、蟻です。地面をはいつくばる、その他大勢の蟻です。

ゴド1　その言い方、ちょっとひどくないですか？

ゴド2　ひどくありません。蟻だという証拠に、

ゴド1　証拠に？

ゴド2　みなさんが悩んだ時、たいして考えず、いきなりネットを調べた方が、自分の頭で考えるよりも多くの知識やアイデアを得るでしょう。みなさんが蟻だからです。

ウラヤマ・エスカワ　そんな……

ゴド2　最近は、少しも考えないで、すぐに、ネットで調べる人が増えてきました。蟻の典型的な行動です。

ウラヤマ・エスカワ　……。

ゴド2　蝶やハチはクリエイティブです。でも、蟻はただ消費します。あなた達は、スマートフォンの小さな画面でしかニュースと出会いません。パソコンを使えば、情報は生産するものです。けれど、スマートフォンにとって、情報は消費するものです。蟻にとって、世界はすでに定義されていて、ただ批評するだけなのです。

生徒達　……。

ゴド2　おやあ、どうしました?なんだか、元気ないなあ。さあ、もう一度、希望の歌を歌おうか!
ウラヤマ　先生、じゃあ、僕達はどうしたらいいんですか?
ゴド2　今歌ったじゃないですか。蟻は蟻らしく、蟻のままで生きるのです。
エスカワ　なんだか、ものすごく哀しい気持ちになりました。
ゴド2　どうしてです!　蟻には蟻の喜びがたくさんあるのです。
ゴド1　それはなんだ?
ゴド2　蟻だからこそ、みよ子さんとデートできるのです!
生徒達　えっ!?
ゴド2　これが!

巨大なストローが、袖から飛んでくる。ゴド2、それを受け止めながら、

ゴド2　みよ子さんと初めてのデートの時、彼女がアイスレモンティーを飲んだ時のストローー!
ウラヤマ・エスカワ・ゴド1　あっ!　ほんのりと口紅!
ゴド2　これが!

巨大なハンカチが袖から飛んでくる。

ゴド2　みよ子さんとデートの最中、突然、雨が振り出し、僕が差し出したハンカチ！

ウラヤマ・エスカワ・ゴド1　あっ、ほんのりとファンデーション！

ゴド2、セリフを言いながら、袖に近づき、手を奥に差し込む。

ゴド2　そして、これが完璧な計画で手に入れた私の宝……新品を買い、彼女が喫茶店のトイレに入る直前に取り替え、終わった後に素早く回収した、みよ子さんの生尻が直接触れた……

ゴド2、袖に突っ込んでいた手を引き抜く、その手には……

ゴド2　便座！

ゴド2、高々と便座を掲げる。

感動と驚愕の悲鳴を上げる三人。

衝撃のあまり、踊りが始まる。

ゴド2も便座を持ったまま、踊りに入る。
宗教的祝祭としての踊りの原型、かもしれない。
やがて、踊り、終り、

ウラヤマ　ねえ！　ちょうだい！　ちょうだい！
ゴド2　これはだめ！　じゃあ、ストロー、あげる！
ウラヤマ　え!?　ほんと！　ほんとなの！
ゴド1　俺には？　俺には何くれるの？
ゴド2　しょうがないなあ。じゃあ、ハンカチ！
ゴド1　ほんと!?　ほんとにハンカチくれるの!?　あんた、ムチャクチャ、いい人！
エスカワ　僕には？　僕にはなに？
三人　……。
ゴド2　ごめん、三つしかないから。
エスカワ　じゃあ、ジャンケンしようよ。平等にジャンケン。
ウラヤマ　いや、もう、もらっちゃったから。
ゴド1　うん、もらっちゃったの。
ゴド2　うん。あげちゃったの。
ウラヤマ・ゴド1・ゴド2　そうそう。

エスカワ　ジャンケンだよ。それが社会人の常識だよ。
ウラヤマ　社会人じゃなくていいし。
ゴド1　常識なくていいし。
ゴド2　両方なくていいし。
ウラヤマ・ゴド1・ゴド2　そうそう。
エスカワ　……これが蟻の喜びなの？　こんなんでいいの？
ウラヤマ　蟻だからできる仕事だよね。
ゴド1　蝶やハチはプライドが邪魔してできないね。
ゴド2　地味だけどいい仕事してるでしょ。
ウラヤマ・ゴド1・ゴド2　そうそう。
エスカワ　僕にもちょうだいよ！　僕も欲しいの！
ウラヤマ　（ゴド2に）いやー、家宝にします。
ゴド1　（ゴド2に）今は対立を忘れて、ただ感謝しかありません。
ゴド2　（ウラヤマとゴド1に）喜びを分かち合うこと。それが希望ですから。
ウラヤマ　感動で全身が震えてます。
三人　（笑いながら震える）
エスカワ　……お前ら……お前ら……（突然）何をしてるんです、部長！　次の企画はなんです？　研究員、オキュラス・リフトのアプリ『ここではないどこかへ』はいっこうに売れないじゃないですか！　マーケッター！　ヒットする非日常はなんです！

研究員　きったねー！

マーケ　そりゃないよ！

部長　都合が悪くなると、すぐに社長の世界に逃げるんだから。

研究員　そうだよ。

社長　うるさーい！　オキュラス・リフト用のアプリ『ここではないどこかへ』がこのまま鳴かず飛ばずなら、人員縮小、真っ先に首になるのはあなた方ですよ。

研究員　（ボソっと）その前に潰れるよ。

社長　何っ！　研究員！　どうして、ユーザーはこのアプリを受け入れないんです？

研究員　私は、私の仕事を必死にやってますよ。ただ、グーグルが段ボールでできたバーチャルリアリティーメガネなんてふざけたけたものを発表した結果、バーチャルリアリティーがどんどん悪い意味でバッタもんのイメージになってきまして、

社長　部長はどうなんです？

部長　そのグーグルのメガネはグーグルマップのストリートビュー対応のソフトを売ってるんです。これがなかなか、強敵でして、

社長　オキュラス・リフトは、２０００億円でフェイスブックに買収されたんでしょ

う。あっちがグーグルマップなら、こっちはフェイスブックのデータがあるでしょう。マーケッターは!?

マーケ　アプリが売れないのは、人々がどうしても見たい非日常が少ないということでして、

社長　だから、どうしても見たい非日常が途切れなければ、このソフトは売れ続けるはずでしょう!

マーケ　それが、オキュラス・リフト用の撮影カメラを受けいれてくれる場所がもう限界でして。スポーツ関係、芸能関係、全部、当たったんですが、

社長　日常の中の面白い非日常は、どこにあるんです!

マーケ　それは、私じゃなくて、部長の仕事では……

部長　何言ってるんだ。ユーザーのニーズあっての非日常だろう、

マーケ　違いますよ!　一番大事なのは、ソフトのクオリティーじゃないですか?

研究員　クオリティーになんの問題があるんだよ!

部長　だからマーケティングが、

マーケ　ソフトの水準が、

研究員　企画そのものの判断が、

社長　いいかげんになさい!　まだ、分からないんですか!　そう言ってる間に、事態はますます、絶望的になっているんですよ!

間

（世界は少し、『ゴドーを待ちながら』の世界に傾く）

部長　どうにもならん

研究員　いや、そうかもしれん。

マーケ　そんな考えにとりつかれちゃいかんと思って、私は今までやって来たんだ。

社長　だが、考えてもごらん。まだ何もかもやってしまったというわけじゃない。

部長　どうにもならん。

研究員　いや、そうかもしれん。

社長　ささいな、ほんのささいなきっかけでいいんだ。

部長　誰か私に教えてくれないものか。

社長　救いを？

部長　救済を。

社長　来ないねえ。

部長　そうですねえ。

社長・部長　ゴドーは。

その言葉を聞いて、ゴド2、弾かれたように、

ゴド2　ゴドーだぞ！

三人　えっ。

ゴド1　私だよ、ゴドーは！

『嘘つきは誰だ!?　ゴド狼』の表示が出て、テーマ音楽が流れる。

ウラヤマ　さて、お楽しみいただきました『嘘つきは誰だ!?　ゴド狼ゲーム』も時間となってしまいました。さあ、本物のゴドーさんはいったいどちらか……ん？

少年が派手な格好をして登場。

ウラヤマ　なんでしょう？

少年、服の一部を見せると、『ゴドー』と書いてある。

エスカワ　ゴドーと書いてありますね。
ウラヤマ　自分がゴドーだと言うんでしょう。
少年　（そうだ！　と主張）
エスカワ　なるほど。
ウラヤマ　では、あらたに加わったゴドーさんを含め、一斉に行きましょう。追放する、ニセモノのゴドーさん、『ゴド狼』さんは、あなただ！

ウラヤマはゴド1を、エスカワはゴド2を、ゴド1はゴド2を、ゴド2はゴド1を、少年は一番前の客席の一人を指さす。

ウラヤマ　おっと、分かれましたね。それでは、名乗り出ていただきましょう。本者のゴドーさん、どうぞ！

ゴド1、ゴド2、少年、三人とも、自分がそうだと前に一歩出る。

ウラヤマ・エスカワ　えっ……
ゴド1　ちょっと！
ゴド2　あんたこそ、ちょっと！

少年、自分こそがゴドーだと主張する。

ゴド1・ゴド2　うるさい！

少年、舞台からはじき飛ばされる。

ゴド1・ゴド2　ゴドーは私だ！
エスカワ　バカバカしい。
ウラヤマ　ふり出しじゃないか。
ゴド2　いや、こいつはペテン師、
ゴド1　何を言う、お前こそ、
エスカワ　もういいかげんに、
ゴド1　不安だよ、不安。
ゴド2　分かってるよ。
ゴド1　不安を取り除くために、俺は来たんだ。そのためには、
ゴド2　分かってるよ。なんだっていいんだ。こいつらの神を捜しだせば、
ウラヤマ　神!?

エスカワ　それはちょっと……

ゴド1　女か男か、金か組織か、

ゴド2　ネットかテレビか家族か酒か、とにかく俺は、

ゴド1・ゴド2　ゴドーなんだ！

ウラヤマ、エスカワ、勢いに押されて去る。

ゴド1、ゴド2、二人がいないことに気づく。

急速に肩から力が抜け、緊張感が消え去っていく。

シーン9

休憩時間

ゴド1、ゴド2、椅子を持ち出して離れて座る。

が、やがて、だんだんとお互いを意識し始める。

なんとか、話しかけようとする。

ゴド1・ゴド2　あの……

ゴド1　えっ
ゴド2　えっ
ゴド1　どうぞ。
ゴド2　どうぞ。
ゴド1　そっちから。
ゴド2　いえ、そちらから。
ゴド1　いえ、どうぞ。
ゴド2　いえ、どうぞ。
ゴド1・ゴド2　いえっ……。
ゴド1　元気でしたか？
ゴド2　はい。あなたは？
ゴド1　元気でしたよ。
ゴド2　そりゃあ、よかった。
ゴド1　あなたは？
ゴド2　もちろん、元気でしたよ。
ゴド1　そりゃあ、よかった。

間

ゴド1　最近は、
ゴド2　えっ
ゴド1　いえ、最近は、
ゴド2　やりにくいですなあ。
ゴド1　やっぱり。
ゴド2　何考えてるのか。
ゴド1　何感じてるのか。
ゴド2　さっぱり分からない。
ゴド1　だって、
ゴド2　だって？
ゴド1　自分のことさえ、分からない。
ゴド2　そんな……
ゴド1　そうでしょう？
ゴド2　……そうですね。

間

ゴド1　何か話していいんですよ。
ゴド2　何か話していいんですね。
ゴド1　何から話しましょうか。
ゴド2　何から話しましょうね。
ゴド1　楽しい話はどうでしょうか。
ゴド2　楽しい話はどうでしょうね。
ゴド1　疲れない話がいいですね。
ゴド2　疲れない話はいいですね。
ゴド1　重たい話は嫌ですね。
ゴド2　重たい話は嫌ですか。
ゴド1　つきあいだけの話は嫌ですか。
ゴド2　つきあいだけの話は嫌ですね。

間

ゴド2　どこへ行くんでしょう。
ゴド1　どこまで行くんでしょう。
ゴド2　見えますか?

ゴドー1　見たいと思いますか？
ゴドー2　もう、ないのかもしれませんねえ。
ゴドー1　もう、満足しないのかもしれませんねえ。
ゴドー2　このままずっと、
ゴドー1　このままずっと、
ゴドー2　見えないまま、
ゴドー1　疲れたまま、
ゴドー2　追いかけたまま、
ゴドー1　緊張したまま、
ゴドー2　流れていくんでしょうか。
ゴドー1　哀しい笑顔をつれて？

間

ゴドー2　いやいや、どうして。
ゴドー1　いいや、どうして。
ゴドー2　まだまだ、当てはあるんです。
ゴドー1　ええ、そうですとも。

ゴド2　最近は、
ゴド1　とてもやりやすいんですよ。
ゴド2　かたくなな姿勢の転び方と言ったら、
ゴド1　その変わり方の見事さと言ったら、
ゴド2　本当は淋しいんでしょうねえ。
ゴド1　本当は待ってるんでしょうねえ。
ゴド2　そうですとも。
ゴド1　そうでなくちゃあ。
ゴド2　みんな隠してますけどね。
ゴド1　みんな恥ずかしいと思ってますけどね。
ゴド2　何がおかしいと言って、
ゴド1　底の見えてる強がりほど、
ゴド2　おかしいものは、ないですよ。
ゴド1　本当は待ってる。
ゴド2　本当は淋しい。
ゴド1　本当は求めてる。
ゴド2　そうですとも。
ゴド1　そうでなくちゃあ。

ゴド2　（心が高ぶり）どう調子は？
ゴド1　おチョウシね。
ゴド2　熱燗《あつかん》で。
ゴド1　一本？
ゴド2　日本。
ゴド1　どうなるんだろうね。
ゴド2　冷えたままで。
ゴド1　時間かかるでしょう？
ゴド2　あっためるにはね。
ゴド1　あつすぎる？
ゴド2　とんでもない。
ゴド1　飛べないの？
ゴド2　飛ぶためには。
ゴド1　あと五分。
ゴド2　五分五分か。
ゴド1　うまくいくかね。
ゴド2　うまいものね。
ゴド1　パッションある？

ゴドー2　ファッションならね。
ゴドー1　風邪ひいたの？
ゴドー2　冷えてきたからね。
ゴドー1　燃えそうもないし。
ゴドー2　明日ね。
ゴドー1　燃えないゴミの日。
ゴドー2　（ごみ袋の口は）ちゃんとしばった？
ゴドー1　相手はしぼったはずだよ。
ゴドー2　しぼり間違い？
ゴドー1　まさか。
ゴドー2　見よう見まねで、
ゴドー1　身寄りもなく、
ゴドー2　見ようともせず、
ゴドー1　身よかれと、
ゴドー2　身よきときに、
ゴドー1　身よくして、
ゴドー2　身よければ、
ゴドー1　みよ子と共に！

ゴドー2　えっ⁉

間

ゴドー2　誰を待ってるんだい？
ゴドー1　お前は？
ゴドー2　決まってるだろう。
ゴドー1　それじゃあ、
ゴドー2　奴らがいる限り、何度でも来るさ。
ゴドー1　奴ら？
ゴドー2　いや、その……
ゴドー1　あの子？
ゴドー2　誰だい？
ゴドー1　いや、その……
ゴドー2　何度でも、
ゴドー1　何度でも、
ゴドー2　やって来るさ。
ゴドー1　そして明日、首を吊ろう。

ゴド1・ゴド2　ゴドーが来ない限り。

暗転。

シーン10

暗転の中、声がする。

エスカワ　違う、違う。そんなことを言っているんじゃないんだ。

エスカワの姿、光の中に現れて来る。

エスカワ　そんなことを言ってるんじゃないんだ。分からない人間だな。そうじゃないんだ。私の言ってることは、あなたが理解していることと、全然違う。私が憎いか。だから何をしたい？　私を殺したいか。それで満足なのか？　楽しいか？人を理解しないで笑うことが。

エスカワ、ふっと暗闇に消える。
ウラヤマが現れる。

ウラヤマ　誘惑はつねにあるさ。分かりやすさへの誘惑。懐かしさへの誘惑。妥協への誘惑。誰かが言ってたな。人間は17歳の感性に回帰するんだと。17歳の時に聴いた音楽、17歳の時に見た映画、17歳の時に愛した文化に残りの人生は支えられるんだと。ゾッとする話じゃないか。
情報社会の生き抜き方？　残念ながら、情報が増えれば増えるほど、人は情報から遠ざかるんだ。人類が文字を使い始めてから20世紀までの情報量と同じものが、今は二日で生産されていると大手の情報会社の社長が言ってたな。ゾッとする話じゃないか。処理できない量の情報の前で、人はどうするかって？ただ、誰かに聞いて判断するだけだ。私？　私だって、

エスカワ、光の中に現れる。
ウラヤマ、それに気づく。

ウラヤマ　私だって……

ウラヤマ、真剣な話をしてしまった人の多くの場合のように、茶化そうとする。

ウラヤマ　いや、私だって、サウナは結構好きで、特に最近はロウリュウにはまってて、

エスカワ　ありがとう。

エスカワ、自然に感謝の言葉を告げる。それは、この時代、「空虚」に負けず、けれどことさら勝とうとせず、共に待ち続けている同伴者のウラヤマに対する感謝である。

ウラヤマ、その言葉に驚く。

ウラヤマ　……。

エスカワ　ありがとう。

ウラヤマ　こちらこそ。

エスカワ　とんでもない。

ウラヤマ　ほんとにありがとう。

エスカワ　（今までの「ただ待つだけの生活」は）好きでしたか？

ウラヤマ　心底。

エスカワ　憎んでいますか。

ウラヤマ　とんでもない。
エスカワ　優しい人ですね。
ウラヤマ　弱いだけです。
エスカワ　苦しいでしょう。
ウラヤマ　それはお互いさまです。
エスカワ　どうです、深夜のファミリーレストランで、
ウラヤマ　コーヒーの不味さと現実を憎み、
エスカワ　夢とドリンクをお代わりして、
ウラヤマ　何杯飲んでも満足できない夢を嘆き、
エスカワ　本当は何が飲みたかったか分からなくなり、
ウラヤマ　コーヒーと人生の苦さだけが残る。
エスカワ　悲観論者ですか？
ウラヤマ　とんでもない。ただ、
エスカワ　ただ？
ウラヤマ　旅の途中なのです。
エスカワ　黙っていた方がいい。
ウラヤマ　もし言葉が
エスカワ　さらなる沈黙のために

ウラヤマ　語ろうとせぬくらいなら。
エスカワ　言葉は世界から人を隔てる。
ウラヤマ　そういう意味ですか？
エスカワ　さあ。
ウラヤマ　ラブソングですね。
エスカワ　決して届くことのない。
ウラヤマ　いやいや、どうして。
エスカワ　いいや、どうして。
ウラヤマ　捨てたもんじゃないでしょう。
エスカワ　捨てたかったのです。
ウラヤマ　捨てるほどのものはあったんでしょうか。
エスカワ　憎んでますか？
ウラヤマ　臆病なだけです。
エスカワ　笑われましたよ。
ウラヤマ　私もですよ。
エスカワ　痛かったでしょう。
ウラヤマ　怒鳴られるよりましでしょう。
エスカワ　無視されるより、

ウラヤマ　哀しむより、
エスカワ　言葉を求められるより、
ウラヤマ　人に何かを教えたつもりになるより、
エスカワ　年を取ったのですか？
ウラヤマ　とんでもない。
エスカワ　じゃあ、
ウラヤマ　諦めただけです。
エスカワ　私は、
ウラヤマ　私は？
エスカワ　忘れただけです。
ウラヤマ　ときおり、
エスカワ　ときおり？
ウラヤマ　死のうと決心します。

エスカワ、ふと、遠くの方に目をやり、

エスカワ　もう時間です。
ウラヤマ　時間ですか。

エスカワ　朝日が昇っていきます。
ウラヤマ　朝日？
エスカワ　ほら。
ウラヤマ　夕日じゃないですか？
エスカワ　朝日ですよ。だってほら、世界はこんなに暗い。
ウラヤマ　窓を開けてごらんなさい。

エスカワ、窓を開けるマイム。
光が強くなり、驚くエスカワ。

ウラヤマ　沈んでいるんですよ。
エスカワ　それにしては、
ウラヤマ　明るすぎる？
エスカワ　知りませんでした。
ウラヤマ　朝日のような夕日ですか。
エスカワ　それでは、始めます。ありがとう。
ウラヤマ　こちらこそ。
エスカワ　聞いていてくれますか？

ウラヤマ　どこにいようと必ず。

ウラヤマ、去る。

エスカワ　進化についてのお話です。進化の鍵は、染色体に潜むＤＮＡが握っている。どんな説を唱えようと、この事実は否定できないようです。ＤＮＡは、アデニン、チミン、シトシン、グアニンという四種類の核酸から構成されています。この四つを正確に複製することで、いわばデジタルな4進法によって情報を次の代へと伝えるのです。一方、コンピューターは、0と1という二種類の記号によるデジタルな2進法によって情報を伝えます。コンピューターはすべての情報を二種類の記号で、ＤＮＡはすべての情報を四種類の記号で正確に伝える。この想像を超えた相似形を前に、私は夢想します。コンピューターの進化とは、人間のみずからの進化のシミュレーションそのものではないかと。だからこそ、人々はコンピューター・ゲームの進化に熱狂したのではないかと。あらゆる進化論は、我々はどこから来たのかを教えてくれます。けれど、我々がどこに向かうかを語ることはできません。人々は、驚異的な速度で進化するコンピューターを見ながら、その進化の極限に現れる風景を待ち焦がれているのではないか。私にはそれが、自分達の進化の果てを見たいという人類の祈りに思えてならないのです。

エスカワ、微笑み、静かに社長へと変わる。

社長　どうです、みよ子。少しは参考になったかい？　えっ？　他者？　フェイスブック？　何を言ってるんだ？　みよ子！

シーン11

研究員とマーケッター、飛び出てくる。

マーケ　社長、やりました！
研究員　ついに完成しました！
社長　本当ですか!?
マーケ　はい、これこそ、究極のゲームです！
部長　なんだ、それは!?
研究員　これこそ、ゲームを超えたゲームです！

マーケ　そして、ゲームであり、同時に人生そのものです！
社長　なんです、それは⁉
研究員　名付けて、
研究員・マーケ　『ソウル・ライフ』！
社長　『ソウル・ライフ』⁉
部長　どういうことだ？
マーケ　コンピューターが発達して、人間は何を失ったか、考えたことはありますか？
社長　なんですって？
研究員　インターネットは、『ブリタニカ百科辞典』の息の根を止めたと言われています。ならば、ネットワークに接続されたコンピューターを日常的に持ち歩く生活になって、我々は何を失ったか。
社長　それは……
マーケ　社長がみよ子さんと二人で、ヨーロッパ旅行に行くとします。どんな旅行になりますか？
社長　どんなって、
研究員　みよ子さんの写真は？
社長　そりゃあ、一杯撮りますよ。観光地だけじゃなくて、ホテルでもレストランでも。動画も撮るでしょうね。

研究員　けれど、昔の旅行は、
マーケ　まったく違っていました。

研究員、マーケッター、そして部長、いきなり、ＯＬになる。

研究員　この前のイタリア、楽しかったよね〜。
マーケ　楽しかったね〜。
部長　いいな〜。あたしも行きたい〜。
研究員　ムダ子なんか、ものすごくモテたんだよね〜。
マーケ　アラ子の方がもてたじゃないの。ほら、フラビオ。アラ子とデートできないんなら、トレビの泉に飛び込むって。
部長　すっご〜い。ねえねえ、写真ないの？
マーケ　ええとね、（と、数枚出し）この人。
部長　うわ〜、イケメンじゃないの〜！
研究員　フラビオ、日本語でギャグも言えたの。
部長　ギャグ⁉　ほんと〜⁉
マーケ　チョーびっくりしたよね〜。
研究員　うん、チョー素敵だった！

部長　すっご～い！

三人、さっと態度を変えて、

研究員　一方、今の旅行は、
部長　この前のイタリア旅行、楽しかったの？
マーケ　楽しかったよ。写真、見る？
部長　ツイッターで、一杯、つぶやいてたじゃないの。全部、見たよ。
マーケ　まだ、三千枚ぐらいあるのよ。
部長　そんなに見る時間、ないわよ。
研究員　フラビオの動画、見る？
部長　口説かれたイタリア男ね。それは、見る、見る。
研究員　（スマホを見せながら）もう、まいっちゃったのよね。私とデートできないと、トレビの泉に飛び込むッて、
部長　（見ながら）あれ、あんまりイケメンじゃないのね。
研究員　そうなのよ。写真映りはいいんだけどさあ、
マーケ　写真も、そうでもないよ。毎日、見てたら、どんどんアラが目立ってきたわよ。
研究員　それもそうねえ。

部長　（画面を覗き込んで）なんか、言ってるわよ。
社長　マンマミーヤ！　マンマミーヤ！
部長　なんなの？
研究員　この意味、分かるかって。
部長　なんなの？
社長　オオサカベンデ、アリノママニ、モノゴトヲミロ、チュウイミデッセ。マンマミーヤ！　マンマミーヤ！
部長　……なんなの？
研究員　日本人専門のギャグみたい。
マーケ　もう、サイテーのオヤジギャグね。
社長　マンマミーヤ！
部長・研究員・マーケ　サイテーヤ！

三人、元に戻る。

研究員　これが今の旅行です。
部長　だからなんだね!?
マーケ　コンピューターによって、私達は、いつも、「現在」を記録するようになりました。
研究員　そして、私達は、記録された「今」に常に取り囲まれるようになりました。
マーケ　その結果、私達は、
社長　私達は？
研究員　ノスタルジーを失ったのです。
社長・部長　えっ？
社長　ノスタルジー……。
マーケ　ノスタルジーとは、懐かしさだけではありません。
研究員　ノスタルジーとは、自分が生きてきた時間がいとおしいと感じる感覚です。
マーケ　それは、自分の過去を肯定し、安心する気持ちなのです。
研究員　ノスタルジーは、自分のマイナスの記憶、ネガティブな感情を忘れることで育ちます。
マーケ　忘れなければ、ノスタルジーは生まれないのです。
研究員　けれど、記録された「今」のすぐ傍《そば》で生活し、いつでも簡単にアクセスできる私達には、ノスタルジーは生まれないのです。
社長　なるほど。だから、どうするんですか？
マーケ　私達は、ゲームの中でノスタルジーを取り戻すのです。
部長　ノスタルジーを取り戻す……。

研究員　ソフト『ソウル・ライフ』はあなたの部屋から始まります。

マーケ　そして、あなたは自分の部屋のドアを開ける。

研究員　そこは、あなたの行きたい時間の街が広がっているのです。

社長　なんですって!?

マーケ　１９６０年代から２０１０年代まで、10年ごとに6つに区切られた時代を選べます。

研究員　オキュラスリフトをつけたあなたは、たっぷりの没入感と共に、さまざまな人と出会うのです。

マーケ　この世界では、それぞれの年代のイベントが起こり、さまざまな人に会います。

研究員　けれど、あなたはスマホもタブレットも持ちません。ただ、心の目に映像を焼き付けるのです。

マーケ　ただし、あなたが出会うのは、あなたを「決して傷つけない他者」です。

部長　なに!?

研究員　一般的なネットワークゲームのように、あなたを傷つける可能性のある人と出会ってしまっては、マイナスの感情が生まれ、ノスタルジーを取り戻せません。

マーケ　『ソウル・ライフ』では、マイナスの感情は存在してはいけないのです。

部長　ちょっと待て。「決して傷つけない他者」なんているわけないだろう。

研究員　あなたのことを知らなければ、そんな人は存在しません。

マーケ　けれど、あなたの好きな本、
研究員　あなたの好きな映画、
マーケ　あなたの好きな歌、
研究員　あなたの好きな食べ物
マーケ　を知っている人間なら、あなたが何を喜び、何を嫌がるか分かるでしょう。
部長　どうやって、それを知ると言うんだ？　まさか、ゲームを始める前に、膨大なアンケートに答える、なんて言うんじゃないだろうな。そんなハードルをユーザーは乗り越えるわけないいんだ。
マーケ　オキュラスリフトはフェイスブックに買収されたんですよ。
部長・社長　あっ……
研究員　すでに、個人のデータは集まっているんです。
社長　そうか……
部長　ちょっと待て。フェイスブックに参加してないユーザーだっているだろう！
マーケ　我が『立花トーイ』には遊びながらユーザーのデータを集められる素晴らしいゲームがあるじゃないですか。
部長・社長　えっ？
社長　まさか……
マーケ　そうです！『引きこもれ　自分の部屋』をプレイしながら、ユーザーはさまざまな質問にもう答えています。

社長　素晴らしい！　このための伏線だったんですか！

部長　だからなんだというんだ！　その街でイベントを体験して、それがなんだ。それだけじゃないか。

研究員　『ソウル・ライフ』でノスタルジーを取り戻しながら、あなたは、『ソウル・メイト』に出会うのです！

社長　ソウルメイト？

マーケ　フェイスブックだけではなく、アマゾンやiTunesのデータも使えるようにすることで、

研究員　あなたの買った本とまったく同じ本を買い、

マーケ　あなたの買った曲とまったく同じ曲を買い、

研究員　あなたの見た映画とまったく同じ映画を見た人を見つけることができます。

マーケ　その結果、あなたは自分と全く同じ趣味、

研究員　感性、

マーケ　志向、

研究員　興味を持つソウルメイトと

マーケ　『ソウル・ライフ』の中で出会う可能性があるのです！

社長　ほお。

研究員　そうなれば、あなたは『ソウル・ライフ』の中で、

マーケ　いつまでもソウルメイトと

研究員　語り続けることができるでしょう。

マーケ　語れば語るほど、

研究員　共にイベントを経験すればするほど、

マーケ　あなたは、自分の生きてきた時間を誇ることのできる。

研究員　ノスタルジーを生きることができるのです！

部長　バカバカしい！　そんなのは夢物語だよ。第一、10年ごとに6つの世界を用意するなんて、作業量が膨大すぎる。

社長　そうですね、それはそうです。

部長　グラフィックだって、日常の街を描くんだろう。どれだけ苦労するか、

研究員・マーケ　逆です。

部長　逆？

研究員　なぜ、ロボット犬のAIBOが忘れ去られ、

マーケ　掃除ロボットのルンバが残ったか、お分かりですか？

部長　どういうことだ？

研究員　AIBOは、人工知能の勝利のように売り出されました。人々は過剰に期待し、そして、失望しました。

マーケ　ＡＩＢＯの責任ではありません。今までのバーチャルリアリティーのように、テクノロジーの限界を無視して、本物の犬に匹敵するビジョンを求めてしまったのです。
研究員　けれど、ルンバには誰も期待しません。
マーケ　ルンバが部屋の片隅で行き詰まっていても、微笑む人はいても、万能の掃除ロボットのビジョンを描いて怒りだす人はいません。
研究員　ルンバとはそういうものだと思っているからです。
部長　だから、何がいいたいんだ⁉
マーケ　コンピューターの風景は、どんなにリアルに近づこうとしてもリアルではありません。
研究員　ならば、リアルというビジョンを歌いあげることをやめるのです。
マーケ　グラフィックはシンプルでいいのです。
研究員　大切なことは、
マーケ　そこで出会う人、
研究員　そこで起こるイベントなのですから。
社長　なるほど。
マーケ　もちろん、やがては、10年という区切りを5年にしたり、
研究員　9・11や3・11が起こらなかった、もうひとつの『ソウル・ライフ』も創れる

ようになるでしょう。

マーケ　大切なことは、

研究員　初めの歩みは遅くとも、究極のゲーム『ソウル・ライフ』は、

マーケ　今ここに登場したということです！

研究員　誰にも傷つけられることのない、

マーケ　誰も傷つけることのない、

研究員　自分の生きてきた時間を肯定できる、

マーケ　安心するコミュニケーションが、

研究員　私にとっての確かな時間が、

マーケ　私にとっての理想のコミュニケーションが、

研究員　今！

研究員・マーケ　始まるのです！

社長　素晴らしい！　今度こそ、本当に素晴らしい！　私も、何回も素晴らしいと言ってきましたが、今回は本当に素晴らしい！　よし、部長、我が『立花トーイ』は全社一丸となって、この究極の存在『ソウル・ライフ』を売り出しましょう！　いいですね。

部長　……。

社長　どうしたんです、部長？

部長　社長、もう少し時間をかけて、煮詰めた方が。
社長　どうしたんですか、いつものあなたらしくないですよ。
マーケ　まだなにか、文句があるんですか？
部長　そうじゃないよ。革命的なアイデアだと思うよ。だからこそ、時間をかけて慎重に、
マーケ　何を言ってるんですか！
研究員　そうですよ！　なんのために、私が死に物狂いで考え出したのか。私の努力をムダにするつもりですか？
マーケ　待てよ。考え出したのは私じゃないか。その言い方だと、まるでお前が考えだしたように聞こえるだろう。
研究員　最後に完成させたのは私じゃないか。あんたは、最初のきっかけだけだ。
マーケ　最初のアイデアがなかったら、完成しなかっただろう。
研究員　最初かどうかなんて、なんの関係もないね。社長、最後にクイを打ち下ろした、私が完成者です。
マーケ　最初かどうか何の関係もないだと。ほお、じゃあ、みよ子さんはどうなる。俺が最初だから手を引けって言ったのはあんただぞ。
研究員　（慌てて）何を言ってるんだ。
社長　みよ子がどうしたんです？

マーケ　彼女を救えなかったあんたに、最初をうんぬんする資格はないね。
社長　みよ子がどうしたんです！
研究員　なんでもないですよ。いやだな、手柄を私の分までふんだくりたいための口からでまかせ、嘘八百ですよ。
マーケ　まだ分からないのか。あんたは何もできなかった。研究員のあんたも、ゴドーのあんたも！
研究員　……ほお、言ってくれるじゃないか。じゃあ、あんたはどうなんだ？　俺の目を盗んで、時々、彼女に会っていたのを俺が知らなかったとでも思っているのか。
マーケ　きさま。
社長　あなた方はなんということを。
部長　コソコソとまるでドロボウ猫じゃないか。
研究員　あなたと同じように？
部長　なに？
マーケ　あんたこそ、みよ子さんに何をしたんだ。
部長　なにを？
研究員　まさか、次期社長でも狙ってるのか？
社長　みよ子だ、みよ子を呼びなさい！

研究員　来るもんか。あんたが呼んでやって来るのは、みよ子さんの脱け殻だけだ。

部長　ほお、じゃあ君たちは本当のみよ子さんと話していたというのか？

社長　みよ子を呼びなさい。みよ子です。みよ子！

シーン12

四人、それぞれのみよ子と話し始める。

ゴド1　みよ子！　今度の日曜、『藤子・F・不二雄ミュージアム』に行かないかい？　多摩の奥地にあんだけどさ、きれいなジャイアンが泉の中に隠れてるんだぜ！　庭には、でっかい恐竜のピー助もいるし、土管も三つあるんだ！　みよ子！　カフェで売ってる『暗記パン』食べて、二人のデートを永遠に暗記しようぜ！

マーケ　みよ子さん。それじゃあ、お勉強の続きです。今日は、賢い消費者は、『きのこの山』と『たけのこの里』のどちらを選べばいいのか、という重要な問題です。きのこの山、一個についているチョコレートは1．79グラム。一方、たけのこの里は1．27グラム、約0．5グラム少ないですね。共に32個入りですから、『きのこの山』のチョコは全体で16グラムも多いのです！

部長　みよ子さん、これ差し上げます。スワロフスキーのクリアクリスタルブレスレット、江原啓之《えはらひろゆき》バージョン。金運と魔よけの限定モデルです。織田無道《おだむどう》のパワーストーンの3千倍の魔力があるそうです。お金？　そんなこと、気にしなくていいんです。私、こうみえてもお金には苦労してないんですよ。

社長　どうだ、みよ子。料理教室でも通ってみるか？　それとも、着付けか？　旅行？　いいんじゃないか。海外？　一人で？　バカを言うんじゃない。どれだけ危険か。ダメに決まってるだろう。……前から言おうと思っていたんだが、本棚のあの本はどうしたんだ？　あんなもん読んでたらロクな人間にならん。許しませんよ！

研究員　許さん!?　何が許さないんだ？　みよ子、それはどういう意味なんだ？

マーケ　意味がない？　みよ子さん！　私と会っても意味がないからもう会わないって言うんですか！

部長　合わない？　私のセンスと合わないって言うんですか!?　どうして、みよ子さん、二人の趣味も一致してるし、

社長　趣味や道楽じゃないんだ。『立花トーイ』は、私にとって命なんだよ。

研究員　命かけよう、お前のために、みよ子！

マーケ　駆け続けるメロスの本気です、みよ子！

部長　エロスも素敵だ、みよ子！

社長　サザンクロスを見に行くか、みよ子！
研究員　さんざん苦労してるぞ、みよ子！
マーケ　悔いなんてないよ、みよ子！
部長　下心はないよ、みよ子！
社長　親心はあるよ、みよ子！
研究員　好きだ、みよ子！
マーケ　大好きだ！
部長　だ……抱きしめたい！
社長　い……いつまでもそばに！
研究員　に・にこやかな笑顔
マーケ　お・おおらかな性格
部長　く・くるおしいボディー。
社長　い・イケてるセンス。

世界はゆっくりと『ゴドーを待ちながら』の世界へと横滑りしていく。

ゴド1　す・捨て猫
ウラヤマ　切ないねー。

ゴド2　こ・こぶとりじいさんのこぶ。
ウラヤマ・ゴド1　切ないねー。
ウラヤマ　こぶ……ぶ……ぶたのように太った私
ゴド2・ゴド1　切ないねー。
エスカワ　わたし……し……下の世話。
他三人　切ないねー。
ゴド1　わ……忘れ形見。
他三人　きれいで切な～い。
ゴド2　み、み…耳無し芳一。
他三人　怖くて切な～い。
ウラヤマ　ち・乳首ピアス。
他三人　ものすごく切な～い！
エスカワ　す・砂に書いたラブレター。
他三人　ふ～ん。
エスカワ　なんで、ものすごく切ないじゃないの！
ウラヤマ　そんな経験ないから、分かんないね。
ゴド1　ラブレター……タ、タヌキのキンタマ。
ウラヤマ・ゴド2　切ないね～。

エスカワ　どこがだよ！
ウラヤマ　あんまり大きなキンタマみたら、切なくなるだろう。
ゴド２　なるなる。ものすごく切なくなるね。
ゴド１　なるんだよね。
ゴド２　キンタマ……マ・松井秀喜引退。
三人　切ないね〜。
ウラヤマ　い……遺産相続。
エスカワ　く…区民税！
三人　ぶーっ！
エスカワ　なんで！　後から来るんだよ。切ないじゃないか。
ゴド２　国民の義務だろ。
ゴド１　きっちり払わないとね。
ウラヤマ　「笑って納税」だろ！
エスカワ　……なんだよ、なんで、急に切なさの「しばりしり取り」になってるんだよ。
　ええと……組替え！　甘酸っぱくて切な〜い。
三人　……。
エスカワ　あれ、反応ないの……。
ゴド１　え、エリの汚れ。

ウラヤマ・ゴド2　切ないねー。
ゴド2　れ、零細企業。
三人　切ないねー。
ウラヤマ　打ち切り。
三人　切ないねー。
エスカワ　離婚。
三人　落っこち。
エスカワ　え？
ウラヤマ　いんがついたろう。落っこちだ。
エスカワ　あ、そうだ。しりとりだもんね。えーと、り、り、リハビリテーション！
三人　落っこち！
エスカワ　あー！　そうだ！　力道山《りきどうざん》！
三人　落っこち！
エスカワ　リンパ腺！
三人　落っこち！

少年、飛び出てくる。

少年　いい加減にしないか！　話が前に進まないじゃないか！　舞台の袖でテンション上げたままで待ってる俺の身にもなってみろ！

四人　……。

少年　だいたい、俺はこの役、嫌だったんだよ。なにが出番は少ないけど芝居の要《カナメ》だよ。なにが「小劇場界の未来を背負う君に相応しい役です」だよ。要でもなんでもないじゃないか！　ただの、ポテトフライの横のケチャップじゃないか！

四人　……。

少年　俺も、まぜろよ！　まぜてよ！

四人、少年を輪の中に入れて回しながらまぜる。嬉しそうな少年。が、ハッと気づいて、

少年　ちがーう！　誰が具体的にまぜろって言ったんだよ。一緒に遊んでくれって言ってるの！　入れてよ！

ゴド1、少年をはがい締めにして、指浣腸。

少年　ひょえー！　……ちがーう！　入れろってのはそういう意味じゃない！　一緒

に遊ぼうって言ってるの！　遊ぼうよ！

ゴド1、少年を抱きしめて、そして捨てる。

少年　ちがーう！　これは遊ばれてるの！　遊んでるんじゃないの！　遊ばれるのと、遊ぶのは全然違うの！　……よし、『しばりしり取り』やろ！　なにしばりにする？　切なさはもうやったからさ、他！　なにがいい？

四人　……。

少年　何か言ってくれるなんて期待してないもんね！　自分で考えるんだから！　えぇとね、ええとね、一番、簡単な奴ね！　食べ物しばり！　食べられるものでしりとりね！　いくよー！　いちご！

四人　……。

少年　あれえ、元気がないなあ？　どうしたのかなあ？　もう疲れ切ったのかなあ？

(ゴド2を見て)　いちご！

ゴド2　……ごはん。

少年　う〜ん、どうしていきなり、そう来る。ご、ご、ご、ほら、黒くて、ちっちゃくて、つぶつぶで、お弁当のごはんの上にちょろちょろって乗ってる……

ゴド2　ゴミ。

少年　ゴミは食べられないよ！　ほら、ご、ご、ごま。
ゴド2　ごまかあ！　そいつは気づかなかったなあ！　さあ、ごまだよ。（ゴド1を見て）
少年　ま、だからね。ま、ま、食べられるものね。
ゴド1　マントヒヒ。
少年　マントヒヒは食べられないなあ！　いや、ジャングルの中じゃあ、食べられてるかもしんないけど、人間が食べられるかどうかだからね。マ、マ、ほら、あるでしょ、カタカナの、
ゴド1　マカロン。
少年　おしゃれ！　ものすごくおしゃれ！　でも、ダメ！　どうして、わざわざ選ぶ！　ほら、真ん中に穴が空いてる、イタリアッぽい、サラダに入ってる、ほら、
ゴド1　……マカロニ。
少年　マカロニかあー！　楽しいねー！　みんなでしり取りするの、ほんとに楽しいねー！　さあ、マカロニのニだからね。（と、エスカワに）
エスカワ　（言おうとする）
少年　ちょっと待った！「にんじん」「肉まん」「煮込みうどん」「ニラタマ丼」「にんにく入りラーメン」「日清カップラーメン トムヤンクン」全部、だめだからね。おすすめは、こういう奴ね。「コケッコッコッ！　コケッコッコッ！」○○○。

（口はニワトリと動いている）さあ、いくよ！　マカロニの二！

エスカワ　……にしん。

少年　（悲鳴）……アスパラ食べたら、明日《あす》パラダイス！

四人　……。

少年　ほら！　もうしり取りは終わったんだよ。こんどは食べ物しばりのダジャレだからね。分かるでしょう？　ダジャレに参加するのはダレジャ？　受けてよ受けてよ！

四人　……。

少年　ねえ、みんな、こんにゃく、今夜食う？

四人　……。

少年　いよかん食べたら、いい予感。このぶどう、ひとつぶどう？　肉まんをにくまんで下さい！　でも、あんまんはあんまん食べすぎないようにね。ウメソーダはすげえうめえそーだ。いいか！　アナゴをあなごったらダメだぞ。あれ、みかんがみっかんない！　でも、マスカット食べて、まあ、すかっとしよう！

四人　……。

少年　……しいたけ食べたみたいに、しいたけられてる。

四人　ほお。（と、賞賛の拍手）

少年　（思わず照れる）

そのまま、四人、少年を袖に導く。
少年、去る。
が、また、飛び出てくる。

少年 そうじゃなくてね！

四人 くどい！

少年 音楽！

音楽。
少年の思いきりの動き。四人はのってこない。あきらめる少年。
そして、世界は、『立花トーイ』へと移る。
少年、手紙を一通出して社長に差し出す。
音楽、切れる。

社長 なんです？

少年 みよ子さんは来られないって。

四人 えっ？

少年　みよ子さんは来られないって。
研究員　何を言ってるんだ。
少年　みよ子さんは来られないって。
マーケ　頭がおかしいのか？
少年　みよ子は来られないって。
部長　なんだ、貴様は？
少年　ゴドーさんは来ましたか？
部長　来たよ。
少年　みよ子さんは来られないって。

少年、去ろうとする。
社長は、この会話の間に、手紙に目を走らせている。（ただし、全文を読む時間はない）

社長　待ちなさい！　どういうことです。みよ子が来ないというのは。
少年　（研究員に）みよ子さんが、ありがとうと言ってました。
研究員　えっ？
少年　それがきっかけのひとつかもしれません。

社長　なんのことです？
研究員　いえ、なんのことか……あっ。
少年　そう。
社長　なんです？
研究員　この究極の存在、『ソウル・ライフ』をみよ子さんに、
部長　みよ子さんにどうしたんだ？
研究員　作ってあげたんです。
マーケ　きさま！
社長　何を言ってるんです。膨大な作業量と試行錯誤を必要とするんでしょう。
研究員　いえ、ですから、まず手始めに、みよ子さんの部屋とみよ子さんの住む街、みよ子さんが希望した時代のデータをインプットしたんです。
マーケ　なんのために!?
研究員　決まってるだろう。サンプルだよ、サンプル。みよ子さんの反応は一番いいマーケティングだからね。
マーケ　ちょっと待てよ。それは私の仕事だろう。どうしてそんなことを……

少年、彼らの会話の間に、静かに去る。失望の表情を誰も気づかない。

社長　いつのことです？

研究員　一カ月ほど前のことです。

部長　一カ月⁉　一カ月も前に『ソウル・ライフ』のアイデアがあったというのか⁉

研究員　ご安心下さい。この一カ月、みよ子さんの生活、みよ子さんのデータを大量にインプットして、『ソウル・ライフ』は順調にスタートしました。

部長　どうして私に知らせなかったんだ。

研究員　果たして成功するかどうか、確信が持てなかったもので。でも、もう大丈夫です。オキュラス・リフトをつければ、いつでもみよ子さんの生活を体験することができます。

部長　そんなことを言ってるんじゃないんだ。こっちにも都合があるんだ。ひどいじゃないか。

社長　都合？　なんです、都合って。

部長　えっ……いえ。

社長　なんです？

部長　ですから、つまり、十分な宣伝戦略のために、

社長　それにしては、取りかかりをためらっているじゃないですか。

部長　いえ、そんな、

研究員　あっ。

マーケ　あんた、まさか、
部長　何を言ってるんだ？
研究員　俺たちのアイデアを
マーケ　売る気だな!?
部長　失礼なことを言うな！　社長、こいつら、頭がおかしいんですよ。
社長　おかしいのは君だろう。
部長　えっ。
社長　私が気づかなかったとでも思っているのかね。
部長　社長……。
社長　やっとボロを出したな。『ここではないどこかへ』の時もそうだった。さんざんゴネている間に、『ここではないどこかへ』のアイデアを、
部長　売ったよ。
研究員・マーケ　あんた!?
部長　いつまで、こんなバカげた綱渡り続けるつもりなんだ。幻想をいつまで売り続けるんだ。こうでもしなきゃ、退職金もでやしない。（研究員とマーケッターに）あんたらも気をつけた方がいいよ。社長、なんだかんだ言って、『ソウル・ライフ』始めた時から、裏じゃ、計画倒産用意してるんだ。
研究員・マーケ　！

社長　……（なにをバカなことを…）
部長　やり手だねえ、あんた。どうなろうと、自分だけはきっちり逃げ道、作ってる。立花トーイが大キャンペーン張って、『ソウル・ライフ』売れずにつぶれりゃ、誰が見ても正真正銘の倒産に思えるよな。債権者も取り立てを控えるだろう。裏じゃこっそり資産残して、ほとぼり醒めたら再出発か！
研究員・マーケ　社長!?（本当なんですか？）
社長　……再出発だよ。
三人　！
社長　こんな商品、売れる保証がどこにあるんだ。ほとぼり醒めたら、再出発だよ。

間。

部長　どうにもならん。
研究員　どうにもならん。
マーケ　いや、分かっていたことだ。
四人　……ゴドーは来ないんだね。

全員、絶望の、そして残酷な微笑み。

次の瞬間、驚くほど快活なトーンで、

研究員　社長！　やりました！『ソウル・ライフ』に続く、新しい商品です！

社長　そうか、やったか！

部長　社長、おめでとうございます！

マーケ　ユーザーの反応もケタ外れです！

社長　そうか！

四人　やったー！

四人、大喜びする。

突然、少年が飛び出す。

少年　待て！

四人の動き、止まる。

少年　みよ子は、みよ子はどうでもいいのか。人を救い、人に救われるということは、どうでもいいことなのか⁉

世界は『ゴドーを待ちながら』へと急激に転化する。

ウラヤマ　（まるで、地獄の底から沸き上がる悲鳴のように）救う!?
エスカワ　何から!?
ゴド1　何って不安を取り去る、
ウラヤマ　不安？
ゴド2　無意味の世界から、
エスカワ　無意味!?
ゴド1　必要だろ！
ウラヤマ　何を？
ゴド2　俺を！
エスカワ　あんたを？
ウラヤマ　どうして？
ゴド1　嘆かなくても、
エスカワ　嘆く？
ウラヤマ　何故？
ゴド2　疲れることも、

エスカワ　疲れる？
ウラヤマ　分からん。
ゴド1　解放される、
エスカワ　何から？
ウラヤマ　どこへ!?
ゴド2　救うんだよ！
エスカワ　救う？
ウラヤマ　何から？
ゴド2　何って不安を取り去る、
エスカワ　不安？
ゴド1　無意味の世界から、
ウラヤマ　無意味？
ゴド2　必要だろ！
エスカワ　何を？
ゴド1　俺を！
ウラヤマ　あんたを？
エスカワ　どうして？
ゴド2　嘆かなくても、

ウラヤマ　嘆く？
エスカワ　何故？
ゴド1　疲れることも、
ウラヤマ　疲れる？
エスカワ　分からん。
ゴド2　解放される、
ウラヤマ　何から？
エスカワ　どこへ!?

全員、目の前に見えない壁があるような、そして、それを押して確認するようなマイムを始める。
（少年は去っている）

全員　救う!?　何から!?　何って不安を取り去る、不安？　無意味の世界から、無意味!?　必要だろ！　何を？　俺を！　あんたを？　どうして？　嘆かなくても、嘆く？　何故？　疲れることも、疲れる？　分からん。解放される、何から？　どこへ!?　救うんだよ！　救う？　何から？　何って不安を取り去る、不安？　無意味の世界から、無意味？　必要だろ！　何を？　俺を！　あんたを？　どうして？　嘆かなくても、嘆く？　何故？　疲れることも、疲れる？
分からん。解放される、何から？　どこへ!?

全員、壁に押し返されるように、弾け飛ぶ。

全員　神が存在しないのなら、神を発明しなければならない。

全員、放心する。

シーン13

と、白衣を着た少年が熱烈な拍手をしながら登場。

医者　成功とおっしゃっていただけますか。一部の方には、あらかじめ彼らが精神障害者であり、犯罪を犯した者達であるとは、お知らせしませんでした。が、どうです。こちらで与えた役も、セリフも全て、少しも逸脱することなく行動した。かつては、どんな犯罪を犯そうと、心神喪失という理由で法律は彼らを裁けなかった。悪名高き刑法39条が彼らを守っていたのです。だが、今は違います。この保安処分病棟は、『心神喪失他害行為医療観察法』に基づいて作られた、理想的な治療の場所なのです。彼らはここで、「再犯のおそれ」を完璧になくすまで治療を受け続けることができるのです。逆に言えば、彼らが不安である限り、いつまでもここにいることができるのです。それを息苦しい、などと言ってはいけない。過剰な人権侵害だなどと言ってはいけない。これは、我々人類という種全体が選んだ、進化の方向なのです。

突然、四人、熱烈な拍手。
ウラヤマ→A、エスカワ→B、ゴド1→C、ゴド2→D、医者→Eとなる。

A　できたじゃないか。
B　立派なものだ。
C　これでもう一人前だ。
D　本当に。

A、B、C、D、まるでEという患者に接する医者のように振る舞い始める。
Eの脈を取る者、カルテに書き込む者、観察する者など。

E　（おどおどと）僕は一生懸命やりました……でも、医者の役なんて初めてだったし……本物のお医者さんを前にして……みなさんを前にして……できるかどうか不安で不安で……だからなんて言ったらいいのか……そのつまり……

A　これで充分だったよ。

E　本当に？

B　ああ。

E　それじゃあ……

C　ああ、退院の日は近いよ。

D　もう何の心配もいらないよ。

E　……よかった。もうすぐ出られる。よかった……。みなさんは、いつ出られるの？

四人　えっ？

凍りつく四人。

急に患者のように態度がおどおどし始める。

A　私達は……

B　俺はお前みたいに要領よくなかったからさ。
C　お前一人だけ出てっていいと思っているのか。
D　どうしてお前だけなんだ？
A　金か？　やっぱりいるのか、金が!?
E　何言ってるんだ。回復が早かっただけじゃないか。
B　違うぞ。この役は比較的症状の軽い人間しかもらえないはずだ。
C　お前も俺たちと同じだったじゃないか。
E　いつまでも狂ってるわけには、いかないいんでね。

D、食ってかかる。

D　貴様！
E　次はあんたが医者の役らしいよ。
D　えっ!?（喜ぶ）
A　どうしてだ!?　次は俺だ！
B　違う！　俺だよ。
C　俺に決まってる！

もめあう四人。
その間に、Eが白衣を脱ぎ、満足そうに去りかける。

A　（それに気づき）どこに行く！

四人、追いかけようとする。

E　ストップ！

四人、氷のように動かなくなる。
まるで、映像デバイスの一時停止ボタンを押したように。

E　これが、最新のテクノロジーによって映像化された一人の女性の頭の中のイメージです。あなたは今、劇場で上演された作品のような感覚で、彼女の状況を理解したはずです。さあ、オキュラス・リフトを外して、目の前に横たわっている彼女の顔をゆっくりとご覧下さい。今、彼女は眠っています。寝顔にも、深い緊張が漂っているようです。けれど、ひとたび目を醒ました途端、彼女はまた、いつもの笑いのない笑いの世界に帰っていくことでしょう。誰にも手の

届かない一人だけの世界へ。私達は彼女の病気を治療するために、ありとあらゆる手段を、

A　そこまでだ。
B　もういいだろう。
C　そうさ。
D　もういいよ。
E　えっ……。

四人、ゆっくりとEを取り囲み始める。
混乱しているEに、四人は強く、けれど優しく話しかける。

A　物語は完成したかい？
B　これで終りかい？
A　夢。
B　狂気。
C　虚構。
D　制度。
A　幻想。

B　ゲーム。
C　運命。
D　時代。
C　なんでもこいつらのせいにして、
A　それでかたがついたかい？

E、思わず声を漏らそうとする。

D　あなたを責めようというんじゃない。
E　でも、
A　あなたが敵なら、
B　すべては解決する。
A　私が責める相手は、
C　私。
B　ただ一人。
E　えっ……
D　私に残されたものは、
A　例えば、

B　みよ子の遺書。

シーン14

暗転。

暗闇の中から声が聞こえてくる。

やがて徐々に明かり。

五人がうずくまっている。

そして、話しながら、なんとか立ち上がろうとする。

が、彼らは途中まで体を伸ばし、そして、またゆっくりとうずくまる。

それはまるで、教会の床にひざまずく信徒が、教会の高いステンドグラスの窓から差し込む光に向かって手を伸ばし、そして、もう一歩の所で光をつかむことができないまま、またうずくまる姿に似ている。

何度も何度も、五人は高い窓から差し込んで来る光をつかもうとする。

全員　最後の手紙です。なんだか、自分がだんだんクールになっていけばいいと思います。活動家のホットさと、物事に対するなんというか、もう何もありはしないのだという醒めたクールさを持てるようになりたいと思うのです。「なんかある」と信じ続けているのは、あまりもにおめでたく、不毛な、ないものねだりのような気がしてきたのです。

A　ここ二、三日、何も考えなかったといった方があたっているのかもしれません。何もせずにただ、ベッドに横たわって知っている人の名前を上げてみるのです。

B　ある日、私はまことに変な話ですが、友達と「不倫の恋」について話がしてみたくなりました。結果的にはしなかったのですが、ぶりっ子というかモラリストぶってる女達は、どう考えているのだろうと思ったのです。

C　でも、突然、そんなこと言ったところでみんな嫌がるでしょうし、やめました。

全員　本当は娼婦の話がしたかったのです。みんな、女が娼婦になったらどうだろう。売春婦じゃないのよ、娼婦。みんなが娼婦の哀しい目と、なんとかの花のような笑顔を持って追い詰められた「何か」を持っていたならば、みんなみんな、テレビのお人形なんかに熱中しなくてすむのに。

A　究極のゲーム『ソウル・ライフ』を始めてもうずいぶんになります。

D　いつのまにか現実の生活ではなく、オキュラス・リフトをつけたもうひとつの生活に私は熱中していました。

B　優しさと温かさに包まれた世界で、切ないノスタルジーを味わいながら、私は本当に幸福でした。

C　「決して傷つけない他者」に囲まれて、どこかにいる「ソウルメイト」を探す生活は信じられないぐらい分かりやすく、迷いのない毎日でした。

E　自分の人生の目的がこんなにも明確でゆるぎない経験は、私にとって初めてのことでした。

A　これが私が待ち焦がれていた感覚なのかと思った時、突然、笑いが込み上げてきました。

C　たったひとつの正しいことなんて、唯一の正解なんて存在しないと分かっていながら、私は真理を、いわば神様を探そうとしている。

B　ならばと思います。ならば、この究極のゲーム『ソウル・ライフ』の終末を見ることは決してないだろう。たった一人の「ソウルメイト」と出会うことも絶対にないだろう。

D　ユートピアなんて初めから、真理なんてずっと昔からないのだから。

A　そう思った瞬間、私の体に激しい寒けが走りました。それは途方もない淋しさでした。

E　この寒さを埋めるために、私はまた、本当は退屈している何かにすがるのかと思うと、寒さを超えた激痛が私を襲いました。

C　思えばあの時からです。初めて寒さに負けたあの時から私は私でなくなった。

B　輪廻。転生。もう一度生まれ変われるものなら、私はあの時、自分の寒さに負けたあの時にもう一度立ち向かっていきたいと思っていました。そう、もう一度生まれ変われるものなら。

D　『ソウル・ライフ』の中で、そう語れば、「決して傷つけない他者」が優しく言いました。

C　あなたのDNAが4種類の核酸によって成立しているように、この宇宙は分子によって成立している。そして、核酸がどんなに多くても有限なように、有限な分子によって成立している。

A　だとすれば、有限な分子が有限な組み合わせを、無限な時間のうちに繰り返すなら、もう一度、あの時と同じ分子配列が偶然に出来上がる。

E　その時、あなたはあの時と同じ状態でそこにある。

D　そう教えられた夜、私は、『ソウル・ライフ』をやめようと決めました。その言葉は私を深く傷つけ、私を変えてくれたのです。

C　遥か未来、青い惑星がどうなろうと、宇宙がどんな姿になっていようと、私はもう一度、有限な分子によって構成される。

B　その時こそ私は、私でなくなったあの瞬間に真っ向から立ち向かおう。

A　なんにも頼らない、なんにも待ち続けない、固有の人間として、私は私の寒さを引き受けようと決めたのです。

全員　リーインカーネーション。生まれ変わりを私は信じます。

音楽。
全員、ゆっくりと立ち上がる。
世界が傾き始める。
けれど、彼らは立ち続ける。

全員　朝日のような夕日をつれて
僕は立ち続ける
つなぎあうこともなく
流れあうこともなく
きらめく恒星のように
立ち続けることは苦しいから
立ち続けることは楽しいから
朝日のような夕日をつれて
ぼくはひとり
ひとりでは耐えられないから
ひとりでは何もできないから
ひとりであることを認めあうことは

たくさんの人と手をつなぐことだから
たくさんの人と手をつなぐことは
とても悲しいことだから
朝日のような夕日をつれて
冬空の流星のように
ぼくは　ひとり

全員、朝日のような夕日をつれて、静かに深く、立ち続ける。

完

1983年版と1991年版のまえがきとあとがき

ごあいさつ
——はじまりにあたって（1983年版）

その時僕は、女性と二人で電車に乗り、とりとめもない話をして時間つぶしをしていました。二人とも家に帰る途中だったのですが、僕が彼女と同じ電車に乗ったのは、ほんとうに偶然で、ほんとうに何ヵ月ぶりかのことだったのです。

僕達二人は、電車のドアにもたれかかり、お互いの顔とお互いの瞳の中に映った自分の顔と街のネオンを見つめあっていました。こう書いてしまうと哀愁の町に霧が降りそうですけれど、まわりから見れば、あいも変わらずとりとめもない話をしてバカな顔をして笑っているだけでした。

ですけれど、二人は迷っていたのです。

いいえ、迷っていたのは僕だけで、女性は待っていたのかもしれません。男が一言、今晩君のアパートへ行きたいと言いさえすれば、二人はそのまま、夜の深さのなかへ溶け込んでいける状態にありました。お互い、つきあっている人がいるかどうかは、どうでもいいことで、たとえそんな人がいたとしても、ただ、電車の二人は奇妙なくらい同じ疲れの匂いをさせて、はっきりと迷っていました。

ただひとつ確かな事は、もし今晩二人が夜の深さに入っていったとしたら、決して二人は一夜だけの愛のゲームでは終わらないだろうということでした。

何を迷うことがある、と僕が言いました。だが待てよ、ともう一人の僕が言いました。しかしその待てよは、モラルからおこったものでは、当然ありませんでした。じゃあそれは何なのかと言えば、それはやはり「何か」だと文学的に言葉をにごさないかぎり、浮かんでくるのは、彼女が何かを待ちすぎているからだったのじゃないかと思えるのです。

打算のはたらく余地は充分にあったのです。劇団の女性なら手をつけたら大変な目にあうし（僕は幼いころ、そんな単純な事実に気づかず大変な目にあったものですから）生活集団が近いと、そうそう元気なことはできませんが、今、目の前にいる女性は、そんな心配のない人でした。

だけれどもやっぱり、もう一人の僕は待てよと言ったのでした。しかし再び、だけれども、もう一人の僕は下半身の応援を得て彼女の渇きにのめり込もうと言い続けていました。

電車が彼女の降りる駅についた時、彼女の手がスーッと僕にのびてきました。その瞬間、ああ結局こうなるんだと、僕は心の深い所で了解したのでした。

しかし彼女の手は、僕の手についていた彼女の一本の髪の毛をつまみあげただけでした。そして彼女は、がんばってねという、訳がありそうで全く訳の分らない言葉を残して、ホームを去ったのでした。

僕はずっとドアのそばに立って、ホームのザラザラしたコンクリートを見つめていました。僕にとって人生の転機はいつも驚くほど単純でバカバカしいほど簡単なものでした。今もまた、たった一歩足をだせばそれですむのです。

じつとりとした長い時間が過ぎてドアが閉まった時、僕をおそった感情は、安堵でも安心でも後悔でもなく「据え膳食わぬは男のロマン」という有名な言葉でもなく、ただホームへ降りてしまったもう一人の僕がたどる、もう一つの人生へのいとしさでした。もう一人の僕は、彼女の待ちすぎて待ちこがれている渇きを果して潤すことができるのかどうか、それだけが気がかりだったのです。

一人の女性の渇きをいやすこと、それは一人の男の何を犠牲にすることなのかと僕は考えていました。

さて、今回の芝居は「ゴドーを待ちながら」（S・ベケット）という有名な戯曲と関係があります。—男が二人、とりとめもない遊びをして暇つぶしをしている。いつまでもいつまでも、二人は遊び続けている。彼らは待っているのです。ゴドーを。

ゴドーとは何なのか、何者なのか、本当に来るのか、少しも分らない。彼ら自身も知らない。ただ、ゴドーを待っている。待ち続けている。そこへ少年がやって来て、今日はゴドーさんは来られないと告げる。二人は、じゃあ行くか、ああ行こうと言いあう。しかし二人は動かない。そこで幕がおりて二幕目。依然として二人は同じように待っている。そこへ少年がやって来て、今日はゴドーさんは来られないと、また告げる。二人は、じゃあ行くか、ああ行こうと言いあう。しかし二人は動かない。そして幕。

これだけの芝居です。他に二人登場しますが、その主な所はこれだけのことです。この戯曲がシェイクスピアをしのいで戯曲のバイブルになった時期もあったと言うことを考えると、ただ驚くばかりです。

これは、コロンブスの卵だと僕は思っています。それは彼女の、そして二人の、待ちこがれる渇きが心情的な渇き（例えば悲しみ）そのものだという伝統的な解釈に対して、いいや違うのだと、初めてつぶやいたものだと思うからです。

それは心情ではなく、生理なのだ。心情なら涙を流せば晴れてしまう。だが、自分の存在を、行動を何とか意味づけようとする「意味まみれの病」は、涙ひとつ流れない硬質の不安として、人間の生理そのものとなっている。

この「ゴドーを待ちながら」という戯曲はそうつぶやいたように僕には、思えたのです。

しかし、今現在僕が思っていることは、それはそれでもう、よしにしようやということなのです。それは例えば、立ちふさがる壁をあらためてつきつけることと、ありもしない幻想を売ることが根本において通底しているように、壁に穴をあけることと丹念に壁を描写することは全く別のことだと思うからです。

たかだか四百年前に完成した「物語」を越えようと、さまざまな試みがくり返されています。しかし、「物語」＝「意味まみれの病」は、びくともせずどっかと腰をおちつけているようです。が、完璧な因果関係の説明が、驚きからうんざりに変わった今、ドラマのニュー・タイプ（ドラマラド）を捜すべく、あちこちで孤独な旅人が、旅出ったようです。私も片隅ながら、この迷宮への第一歩をふみだそうと決心しました。

今日は本当にありがとう。芝居と戯曲は別ものですが、戯曲は戯曲なりに楽しんでいただければ幸いです。

いつもせまい客席で、御迷惑をおかけしております。どうぞ、ゆったりとした所でお読み下さい。では。

第三舞台　鴻上尚史

あとがき または はじまり
(1983年版)

初日の前日、東京は何年ぶりかの大雪にみまわれた。荻窪のアパートのトイレの窓をふと開けた瞬間とびこんできたその雪景色は、まるで第四間氷期の終わりを告げるメロディーのように美しかった。

しかし、次の瞬間私を襲った、いやーな予感は、この大雪の中、ぐちょぐちょに凍った軍手をして鉄パイプやタル木、ベニヤ板を運ばなければいけないのかという芝居人の悲しい性を暗示させるものだった。

そして、その予感は当った。

芯まで冷えきった体をムチ打ちながら、これまた芯まで冷えきった鉄パイプをトラックの荷台に積みこんでいると、高速度で灰色の鉄パイプは白色の雪化粧に変わっていく。こういう時、心底ぐれてやりたいと思う。積木をくずして話題になるのなら、積荷をくずして話題にならないわけがない。

ある芝居人の非行記録「積荷くずし」。きっとよってたかって大人達が解決策を練ってくれるだろう。なかには、俺も昔そうだったんだよ、と猫なで声ですり寄ってくる奴もいるかもしれない。そういう大人には、えんりょせずチケットを売りつけよう。

これが、文学者や評論家なら、セントラルヒーティングの部屋で、したり顔して二十世紀の終わらせ方を考えていればそれですむのだ。最近の純文学がつまらないのも、むべなるかな、むべなるかな。

こういう時、心底、芝居やっててよかったと思う。

芝居は、テニスのようにネアカで卓球のようにネクラで野球のようにゴクツブシでアメ・フトのようにハデで柔道のようにミジメでハンド・ボールのようにマイナーでバスケのようにクラブ活動でサッカーのように短足で剣道のようにフリチンでマラソンのようにセコで空手のようにカワラで競馬のようにシービークロスで競艇のように一日一善でジャズダンスのようにファッションショーでボクシングのようにカリフラワーでプロレスのように味方だらけでバトミントンのようにヒサンでゲートボールのように悲しいものだ。

「積荷くずし」をぐっとこらえてシアターグリーンという劇場へ向う。思えば僕達というのは、校内暴力あと一歩という所でおしとどめた人間達なんじゃないだろうか。僕は世代論を信じない人間なんだが、もしあの時、あまりにも理不尽な教師に対して歯ぎしりするだけでなく、ナグるという一番アホみたいな方法があるんだよとマスコミが言ってくれてれば、ひょっとしたらひょっとしたかもしれない。

僕はあの時、中学二年のぶんざいで、どのように表現すれば教師達を納得させられるか、その方法ばかりを考えていた。

上演したい戯曲がどうしても学校側の教育批判になると言って、ガンとしてその顧問教師は首をタテにふらない。と、言っても、その教師が自分で判断して反対しているのではなく、校長の顔色だけをうかがって、そうしていることを中学二年の僕は分っていた。

僕は直接校長に談判しに行き、その戯曲がいかに「何でもないもの」であるか、これは寓意や批判などという「いやらしいもの」ではなく「無意味」なのだということを巧妙に表現した。

校長のＯ・Ｋを取りつけて帰ってきた部室には、顧問教師、学年主任、教頭、僕の担任教師が待ちかまえていて、一対複数の、道徳の授業が始まった。彼ら彼女らは終始、ニコやかで、時々愛のムチをおりまぜながら僕に世の中の筋道を教えてくれた。特に顧問教師の教え方は熱心で、その言葉の裏には、「あなたが直接、校長室に行ったりしたから私のメンツは丸つぶれなのよ。私の教育能力が疑がわれるでしょ。私が失業したら、どうしてくれるの。」という、ホンネが、かいまみえた。

僕はその言葉をききながら、毎月いくらはらえば、この教師は生活できるんだろうと、計算を始めていた。

劇場につくと、係りの人が来ていなくてまだヒーターは入っていなかった。勝手に裏口から入り、勝手に仕込み始めることになる。しかし、寒い。

今回の舞台は、シーソーのように前後に動くため、きわめてやっかいなしかけとなる。スパナを持つ手がかじかむ。暖房が、暖房が欲しい。と思っているうちに作業で体があったかくなる。と思ったが、ビチョビチョにぬれたクツにつっこんだ指先が痛い。役者達は靴も靴下も脱いで、まだ濡れてない軍手を足にはく。河童の大群ができあがる。しばらくして、ようやく暖房が入る。作業は、高速度で回転しはじめる。

それから、６日間、計９ステージの公演を走り抜くことになる。第三舞台、初めての劇場公演。81年の５月旗上げの時以来、ずっとテントで芝居を打ってきたわけだが、劇場は劇場なりにおもしろい。特に、すぐそばにトイレがあるのがとてもよい。しかし、このトイレが洋式で、とても腹立たしい。僕は洋式トイレが大嫌いである。特に冬の、あのひんやりピチャッとした便座の冷たさは、何とかならんのか！　お尻とお尻を間接的とはいえ、くっつけて何故人間は平気なんだ!!　僕は洋式トイレが大嫌いだ!!

ここで第三舞台の歴史を振り返ってみょう。

81年5月旗上げ「朝日のような夕日をつれて」

　10月「宇宙で眠るための方法について」

82年5月「プラスチックの白夜に踊れば」

　10月「電気羊はカーニバルの口笛を吹く」

83年2月「朝日のような夕日をつれて'83」

　6月「リレイヤー」

すべて私の作・演出。ここへきて、急に題名が短くなったことに、何の意味もない。ただ、長い題名に飽きたのと、制作の方から、タテ看板を書く時、題名が長すぎてペイントが減ってこまるときわめて下半身的に言われたためである。

「プラスチックの白夜に踊れば」までの三本は連作の形をとっている。これを私は勝手に、核戦争三部作と呼んで納得している。「朝日のような夕日をつれて」のどこが核戦争なのだと言われると困るが（勘のいいお客さんはお気づきかもしれないが）、初稿の「朝日」には、みよ子の詳しい生活があって、もう一度同じ分子配列を求めるために原子力の廃絶を求めようとするシーンがあったのだ。

これはこれでおもしろかったが、話が長くなってお客さんのお尻が苦痛に耐えられなくなってはいけないと判断して、カットした。

また、東大生のお客さんから、宇宙は膨張しているんですよとボソッと言われ、またギクッとしてしまった。膨張した宇宙が拡散に向うか、もう一度、収束に向うか、論の分れるところだろうが、これもまた、おもしろい。

何の事を書いているのか分らない人も多いと思うが、気にしないで下さい。ほとんど、関係のないことです。別に宇宙全体が再生する必要は少しもないのですから。今この本を読んでいるあなたと、あなたの部屋だけが再生すればいいのです。そして、あなたは、ゆっくりドアを開ける……。

6日間の公演の間、いろんなお客さんが足をはこんでくれた。第三舞台のお客さんは、ずっと見てくれている人が多く、好意的で親切である。なかには、芝居が終った後、晩飯をおごらせて下さいと言って下さった方がいる。よほど、僕達が貧乏に見えたのだろう。とんでもないです、入場料をいただいたうえに、そんな食事までいただい……いただい……いただきます。と、ひさしぶりに、肉を食った。とてもおいしく、ためになった。うまかった。

しかし考えてみれば、この親切というのは、何かしてあげたいということだろう。何かしてあげたいということは、たよりないということだろう。たよりないということは、いつつぶれるかわかんないということだろう。なんということだ。どうして知っているんだろう。スルドイ分析だ。

確かに、僕は何度も解散を口にする。お互いに自分の不安を過激化することも、お互いに批判することもできなくなったら、いつまでも同じ劇団で活動しても意味がないのだ。芝居やってて、安定しちまうぐらいなら、やめまひょと、口がすっぱくなって、夏ミカンを食べたあとぐらい言っている。

が、ただでさえ、生活は不安定なのだ。その上、僕は何ということを言ってるんだろう。僕は世の中に二通りの人間がいると思ってる。変わっていくことが平気な人間と、変わっていくことが恐しい人間。僕は今のところ、これ以外に人間の分け方を知らない。ただ、僕は、できれば変わっていくことが平気な人間になりたいと思っている。そのために体力だけはつけておこうと思う。そのために芝居を選んだのだ。

さて、非常な幸運から僕の戯曲が一冊の本となることになった。今までの戯曲は、形式それ自体がスタティックでつまんないものがほとんどだった。なんとか、芝居のもつ、なまなましさが出ないかと頭を絞った結果、一回の公演を、丸ごと一冊の本にしてみようと思いついた。それが、どんな結果になったかは、一人一人のお客様の御批判を待ちたいと思う。

この本は、数多くの友人の協力でつくりあげられた。デザイナーの鈴木成一氏、編集手伝いの宮永潤氏をはじめとして、有形無形での協力は、かぞえあげればきりがない。

劇団員一人一人、お客様一人一人に感謝の言葉を伝えたいのだが、芝居人として一番適切な言葉は、より充実した舞台をつくること以外にないと判断する。

ただ、弓立社の宮下和夫氏にだけは、こっそり感謝の言葉をのべたい。こっそり、ほんとにこっそり、あとで言います。待ってて下さい。

この本が幸運にも、売れれば、すぐ次の戯曲集をだしましょうと、宮下氏は言って下さっている。今度は「宇宙で眠るための方法について」と「プラスチックの白夜に踊れば」の二本を入れようと思う。ですから、もしよければ、みんなに買うように宣伝して下さい。当然、つまんなくても、みんなに買わないように宣伝してはいけませんよ。次のが、おもしろいかもしれないんだから。

楽日の次の日、東京はまた、大雪にみまわれた。荻窪のアパートのトイレの窓をふと開けた瞬間とびこんできたその雪景色は、第五氷河期の始まりを告げるメロディーのように、美しかった。

僕は、トラックに積みっ放しの鉄パイプのことを思いだして、いやーな予感にとらわれた。

そして、その予感は……。

一九八三年六月三日　鴻上尚史

ごあいさつ
（1991年版）

僕は『ムーミン』が大好きです。正確に言うと『ムーミン』に出てくる「スナフキン」が大好きなのです。子供の頃から、大きくなったら「スナフキン」になりたいと思っていました。

雲のようにくらし、風のように動き、青空のように微笑んでいるスナフキンになりたいと、真剣に思っていました。

ギターを弾き、釣り糸を垂れ、ムーミンにうんちくをたれるスナフキン。バッグひとつで、どこへでも、花の匂いと共に移動できるスナフキン。引っ越しの時に、アート引っ越しセンターのお世話にならないで、雲を追いかけて行けるスナフキン。

僕は、スナフキンが、ギターであのテーマを弾くたびに、どきどきしていました。

それが、最近の『ムーミン』では、スナフキンは、ギターではなく、ハーモニカを吹いているという悪い噂が聞こえてきました。しかも、その方が、原作に忠実だと言うのです。

ハーモニカは、いけません。それでは、ただのさびしんぼうです。ハーモニカで「赤とんぼ」でも吹こうものなら、ただの友達のいない奴です。

ギターが、シンセサイザーにバージョン・アップするならまだしも、ハーモニカは、ないだろうと思うのです。

それでも、僕は、スナフキンが好きです。ハーモニカを吹くスナフキンを目撃したら少しは、心が動くかもしれませんが、それでも、僕はやっぱり、スナフキンが好きです。

それは、当り前の言い方ですが、スナフキンの気持ちが少しずつ、分ってきたからだと思います。子供の頃、スナフキンの周りに漂っている孤独は、甘美な匂いがしました。それが、少しずつ、甘美な孤独の裏側を感じるようになりました。ギターを弾きながら、ムーミンを待ちながら、スナフキンは、何を感じているのかを、ぼんやりとではありますが、想像するようになったのです。

そして、やっぱり、自分の心の中のなにかと、きっぱりと向き合っているスナフキンが、僕は大好きなのです。

「どうしてハーモニカにしたの?」と大人になったムーミンが聞けば、「ハーモニカを吹いていると、唇が、よけいなことを語らなくて、すむからね」と優しく答えるかもしれないスナフキンが、大好きなのです。

旗上げのお客さんは、300人でした。大隈講堂の裏にテントを建て、1ステージ100人、計3ステージ。入場料は無料でした。

あれから10年。気持ちは、毎回、旗上げのようなものです。新しいメンバーが入り、今までいたメンバーの新しい面を知り、新しい関係が生まれる。この刺激的で、やっかいな行為に、終りはありません。

そして、新しいお客さんと出会う。

気持ちの上で、変わったことは、何もないと思っています。ただ、甘美な匂いの裏側を、ひとつひとつ知っていっただけです。裏側の重さに負けそうになったこともありました。スタートが、大学のサークルでしたから、千秋楽の打ち上げコンパで、就職の話や故郷に帰る話を聞き流しながら、酒を飲んだりもしました。

サークルの先輩も後輩も、いつ夢から醒めたらいいか、さかんにアドバイスしてくれました。

演出家なんぞにならなかったら、僕も、同じようにアドバイスする側にいたと思っています。22歳で、演出家なんぞになったから、夢を見ながら、夢に裏切られない道を、本気で捜そうと思っただけです。

その意味で、僕は、人間に一番、影響を与えるのは、性格でも親の教育でもなくて、ただ、立場だと思っています。

さて、この作品は、「ゴドーを待ちながら」（S・ベケット／1953）という作品と関係があります。

この戯曲は、シェイクスピアとならんで、演劇界の古典中の古典と言われているものです。

男二人が「ゴドー」を待っている。ゴドーとは何なのか、誰なのか、誰も知らない。ただ待っている。二人は、「じゃあ、行くか」「ああ、行こう」と言いながら、いつまでも動かない。そして、ゴドーを待っている。ゴドーとは何か知らないままに。

そういう戯曲です。ある意味では、これは幸福な昔のおとぎ話です。

待って、待って、待ち焦がれた自分を持て余し、大学のサークルを去っていった友人もたくさんいました。

この作品を上演しようとする時、僕の頭に浮かぶのは、「渇《かわ》き」を持ち続けたまま、僕達の前から去っていった一人の女性のことです。彼女は、今、何をしているのだろう。まだ、自分の「渇き」と、きっぱりと向き合っているのだろうか。そして、僕は、自分の中の何かと、きっぱりと向き合えているのだろうか。

彼女の「渇き」は、決して他人に救いを求めているものではありませんでした。それどころか、他人の「渇き」を潤すほどの深みがありました。

彼女の「渇き」は、それほど、感動的で、痛みに溢れていたのです。

ここまで、第三舞台を応援してくださった、すべてのみなさんに感謝します。本当に、ありがとうございました。ごゆっくり、お読み下さい。では。

鴻上尚史

あとがき または はじまり（1991年版）

久し振りに、大隈講堂裏に建てられた特設テントに芝居を見に行きました。

早稲田大学演劇研究会の後輩達の芝居です。

10年前と同じように、夜の闇に大隈講堂の時計台はそびえ、丸く文字盤は光っていました。

テントの建っている大隈裏と呼ばれる広場にあった汚い部室は壊され、真新しいコンクリートのアトリエが建っていましたが、それ以外は、あの時のままでした。

特設テントでおこなわれた後輩達の芝居も、その熱気や汗や焦りや走り過ぎるセリフや野望や意気込みも、いい意味で、昔と同じように思えました。

あの時も、僕達は、鉄パイプと黒のビニールシートとイントレで作ったテントで芝居をして、お客様を送り出し、闇に浮かぶ時計台の丸い光りを見上げたものでした。

そして、いつものように、ごそごそとテントに戻り、冷えたビールを取り出し、スタッフと乾杯をして、一日を終えました。

寝袋に潜り込めば、ひんやりと夜は冷たく、体だけが、熱く、火照っていました。

1981年の5月。この芝居は、初演されました。入場料は無料。三日間の公演でした。

今でも、時々、「僕は、その旗上げの客席にいたんですよ」と言われることがあります。そのたび、強引に、古いアルバムを突きつけられたような、妙に恥ずかしく、妙に懐かしい気持ちになります。それは、テレビ局のスタジオの中だったり、地方公演のロビーだったり、講演会に行った大学の教室の中だったりします。

あれからずっと、あなたはどうやって生きてきたのですかと、心の中で、そう言って下さった方につぶやきます。

僕は、今ここにこうして生きていることさえ、想像もつかなかったのです。あなたは、想像がついていましたか。その想像さえ、忘れてしまいましたか。

大高洋夫、森下義貴、岩谷真哉、名越寿昭、松富哲郎。それに、僕。それが、旗上げの全メンバーでした。作っては壊し、壊しては作り、話し、飲み、議論し、怒り、バカにし合い、笑い、走り続けた数ヵ月間でした。

ちなみに、名物になった「しりとり」のシーンは、夜、森下のバイト先『シャガール』という飲み屋に全員で行き、退屈しのぎに始めた「しりとり」が元になっています。朝の5時まで「しりとり」を続け、その日の昼からのケイコで、さらに続きをするうちに、芝居の中に登場したのです。ああ、くだらないったらありゃしない。

1983年の2月が、二回目の「朝日のような夕日をつれて」でした。今まで、出版されていたのは、その時の本がテキストになっています。

初めての外部公演。つまり、テントを離れた初めての公演でした。場所は、池袋、シアターグリーン。

テント公演であることで使ってしまう余計なエネルギーをすべて芝居に集中できるという幸福な公演でした。

テント公演は、とても楽しいものですが、雨が降り出せば、雨音でセリフは聞こえなくなるわ、一度なんかは、近くに石焼き芋屋さんが来ちまって、緊迫したシーンに牧歌的としか言いようのない「い〜し〜やぁ〜きぃ、いもっ」の声が響き渡り、スタッフが大騒ぎで走ったこともありました。それでもガンコな石焼き芋屋さんで、なかなか、叫ぶのをやめてくれなくて、一瞬、殺意が走ったりしました。殺意を走らせながら、やっていることは、静かにして下さいというお願いの土下座ですから、きわめて、演劇的とも言えます。

もちろん、評論家やマスコミも、いまだ、一人として、客席にはいませんでした。ですが、とびきり面白い芝居をしているのだという自信だけはありました。

演劇を続ける秘訣は、ただ、この楽天性だけです。才能とは夢を見続ける力のことだというセリフがありましたが、この根拠のない自信だけが、あの時のシアターグリーンには、満ち溢れていました。

大高洋夫、小須田康人、岩谷真哉、名越寿昭、安田雅弘。

小須田康人、安田雅弘は、旗上げの時に、舞台の下にスタンバイ、最後、斜めになる舞台をえいやっと持ち上げていました。劇団内オーディションで、シアターグリーンに登場。安田雅弘の活躍で、少年の役はふくらみ、おいしい役になりました。

ただし、旗上げの時は、もしもの場合、僕が出演できるように、小さな役にしていたのです。

旗上げの松富哲郎は、本人の約束通り、一回でどこかへと放浪の旅に出ました。森下は、就職のために退団。ただし、この公演のあと、「やっぱり芝居しかないっスよ」と復帰。ただし、サラリーマン時代の不摂生がたたって、第一線に復帰できず。今は、小さな会社の社長となり、第三舞台にどどぉーんとした稽古場を作ってやると言い続けています。森下、約束、守れよ。

1985年の2月と7月が、三回目の「朝日のような夕日をつれて」でした。初めて、紀伊國屋ホールに進出した公演でした。

1981年の旗上げの時から、僕は、紀伊國屋ホールに行くぞと言っていました。役者達は、みんな笑いましたが、僕は、本気でした。テントの畳敷の客席で、僕は、本気で、そう信じていました。

役者もスタッフもみんな緊張していましたが、それ以上に、客席が緊張していたという涙がでるほどありがたい公演でした。

初日、客席の埋まりぐあいはどうだろうと客席の通路に立てば、お客様全体が、出番を控えた役者のようで、紀伊國屋ホールの客席が巨大な楽屋に思えたのです。

「エンド・オブ・エイジア」がフル・ボリュームでかかった瞬間、僕は、心の中で、絶叫していました。それは、幸福な瞬間でした。幸福な瞬間など、なんどでも、作ってやる。その気になりさえすれば、何度でも訪れるものだと、僕は思いました。

楽日、カーテンコールのアンコールを求める拍手は、客席の電気をつけても、5分間も続きました。役者も僕もスタッフも、どうしたらいいのか、緞帳の後ろで、右往左往したのでした。

大高洋夫、小須田康人、池田成志、名越寿昭、伊藤正宏。天才役者、岩谷真哉をバイク事故で失い、同じ演劇研究会の後輩だった池田成志に出演を依頼したのです。成志は、立派にゴドー1を演じ切りました。少年役の安田は、自分の劇団を作るために退団。代わりに、安田の同期の伊藤正宏が、劇団内オーディションで登場。最後まで争ったライバルは、僕でした。

伊藤の、「鴻上さん、踊るつもりですか?」の一言に、鴻上は負けたのでした。


1987年の8月が四回目の「朝日のような夕日をつれて」でした。

初の全国公演で、東京、大阪、名古屋、札幌を回りました。あちこちで、名産の美味しい物を食べ続け、みんな、幸せな気持ちになりました。

札幌では、お弁当が特に美味しく、ただし、弁当箱が四つに区切られ、そのうち三つがオカズで、あとのひとつが御飯だというバランスだったので、どうにも御飯がもっと欲しくて、御飯を大盛りにして下さいと頼みました。次の日、弁当箱を開けてみると、四つの区切りのうち、二つに御飯が、山盛り入っていました。こういう意味じゃなかったのにと、みんな、悔しがりました。

大高洋夫、小須田康人、勝村政信、筧利夫、伊藤正宏。

名越寿昭は、家の事情で、休団。休団したまま、教師になる。いつ帰ってくるのかと、僕は首を長くして待っています。ただし、熱血教師で、学校内の評判も良く、なかなか、学校側が手放さないのです。しょうがないので、今度、伊藤と二人で、ヘルメットに「革命」とでも書いて、タオルで覆面をして、角材持って、トラメガ担いで、「同志名越を返せー！　世界革命万歳！　ミニスカート断固死守！」と叫びに行こうかと相談しています。その話を、名越にしたら、名越は、本気で慌てていました。こいつは、いいやね。

渥美清さんの後をついで、「男はつらいよ」の主役をやるのは、名越しかいないと、僕は思っているのです。

名越の無二の親友といわれた筧利夫が、名越の後をついで、ゴドー2でデビュー。第三舞台に入って、3年目のことでした。

勝村政信が、一般オーディションで、入団。そのまま、デビュー。大変な緊張と試練だったと思います。勝村は、よくやりました。あっ、もちろん、筧もよくやりました。こういう所で、確実にフォローしとかないと、筧はすぐ、すねるんです。すねて、どうなるかと言えば、どうにもならないんですけどね。ただ、「鴻上しゃーん」と寄って来て、物言いたげな目をして、突然、少林寺拳法の型を始めて「うおう、うおう」と吠えるだけです。

新しい関係は、刺激的で、各務原市にある岩谷真哉の実家に全員でおじゃまして、酒盛りをしました。岩谷の劇団葬のビデオを全員で見れば、勝村は涙ぐみ、筧はトイレへと立ちました。

そして、1991年が、五回目の「朝日のような夕日をつれて」です。

この時の脚本が、この戯曲です。「ルービック・キューブ」から始まったおもちゃの流れは、「ルービック・キューブ・リベンジ」へ、「ビデオ・ゲーム」へ、さらに「ファミコン」へ、そして今回へと流れて行きました。究極のゲームも、「丸い四角」から「リアル・ライフ」へ、そして時間軸がフリーになる「ザ・ライフ」へ、そして今回へと変わっていきました。

大高洋夫、小須田康人、勝村政信、筧利夫、京晋佑。京は劇団内オーディションで登場。よく頑張りました。少年役を、もうひとつ大きな存在へと変えていきました。京が演じた赤名リカの美しさは、忘れられることはないでしょう。


10年たって、思うことなど、特別、ありません。ただ、缶ビール一個分の祝杯にふさわしいだろうと思っています。

学生劇団の演出家さんから、時々、相談を持ちかけられます。僕は、答えます。僕はずっと、エネルギーの80%を劇団運営や人間関係の調節に使って、残りの10%で脚本を書き、残りの10%で演出をしてきたと。

今は優秀なスタッフのおかげで、ずいぶん、楽になっている。だけどね、この前、企業の人と話していたら、「気配りは社内に八割、社外に二割」という言葉で嘆いていたから、これって、世間の常識みたいだよ。僕は、思わず、その言葉に苦笑いしてしまったけどね。だって、みんな、本当は「社内に二割、社外に八割」って分かってるんだものね。

僕が少し楽になった分だけ、スタッフが苦労しているんだ。そのスタッフはきっと、人間関係の調整で80%の力を使って、残りの20%で仕事をしているはずだから。

僕がこんなことを言うのは、あなたが、必要以上に苦しむことはないんだと、伝えたいからだと、僕は少しためらって言葉を続けます。みんな、同じことに苦しんでいるんだと分かれば、少しは気持ちが楽になるでしょう。きっと、すべての芸術は、少しは気持ちが楽になるためにあるんだ。それは、きっと、生きる勇気という言葉と、同じ意味でね。

いろんな役者さんと話す時もあります。僕はつぶやきます。役者って、失業していることが前提の職業だからね。その不安とその焦りに勝つしか方法はないんだと。だけどね、ぱっと売れて、ぱっと消えることはとても簡単だから。夢を見続ける力さえあれば、そして、毎日、やることをやっていれば、きっと、なんとかなるから。きっと、ね。僕は、見てきたんだから。自分の不安に勝った役者だけが、大きくなったのを。きっと、存在感て、その人が耐えている分量のことだから。華とは、耐える重さに反比例した微笑みのことだから。

さまざまなスタッフと話す時もあります。役者と演出家だけがスポット・ライトを浴びて、いつも、縁の下の力持ちを続けていることに頭が下がり続けます。だから、きっと、あなたの抱えている役者も演出家も劇団も、きっと大きくなる日が来るからと、僕は、尊敬を込めて言い続けます。自分の抱えている集団や役者が大きくならないからと、悲しみのあまり悪口を言い歩く人もいるけれど、あなたはそうじゃないからと。尊敬を込めて言います。

暗転のたびに、手の皮を擦りむいて血を出しながら、素早く装置を動かすあなたは、本当に素晴らしい人だと、感謝を込めて言うのです。僕は、今まで、多くのスタッフによって助けられて来ました。正直に言えば、あの時、あのスタッフがいなかったら、公演自体が成立しなかっただろうという場合がほとんどなのです。それは、今も、変わりません。

そして、お客様と、心の中で、会話します。先日、旗上げから今までの全アンケートをもう一度、スタッフと一緒に読み返しました。第三舞台の倉庫には、今までのすべてのアンケートを保存しているのです。その数、十数万枚。正確な数は見当もつきません。

第三舞台の十周年の記念本に載せるために、もう一度、読み返したのです。はっきりと記憶に残っているアンケートが、たくさんあって驚きました。痛いアンケート、切ないアンケート、嬉しいアンケート。一公演ごとに、アンケートの職業欄の文字が変わって行ったアンケートもありました。苗字が変わっても、筆跡で同じ人だと分かるアンケートもありました。懐かしい名前のアンケートもありました。

そして嬉しいのは、海外での数年間の勉強のための旅立ちを知らせるアンケートや、あなたの抱えているトラブルに、少しずつ、あなたが前向きになった知らせのアンケートでした。決してトラブルは解決しないけれど、ただ前向きになっているという知らせだけで、充分なのです。

ここまで応援して下さったすべての人に感謝します。第三舞台が、ここからどこへ行くのか。それは、誰にも分かりません。ちょうど、旗上げのあの時、闇に浮かぶ時計台の文字を見つめていたあの時、どこに向かうのか、全く、予想がつかなかったように。

ただ、その方向は、第三舞台の役者とスタッフと応援してくださるあなただけが、決めることなのです。

ただ、やりたいことだけは決まっています。涙をふくハンカチのような芝居がやりたいこと。

そして、これだけは言えます。

第三舞台は、変わらない。

そして、変わり続ける。

1991年5月21日　鴻上尚史

あとがき　または　はじまり

『第三舞台』を解散したら、なんとなく『朝日のような夕日をつれて』はもうやらないんじゃないかと思っていました。けれど、「朝日、見たいんですけど」とか「朝日、やらないんですか？」と言われるようになりました。

「解散公演は『朝日〜』だと思っていたのに」と何度も言われました。そんな形で『第三舞台』を終わらせたら、間違いなく僕は女優たちに絞め殺されていただろうと、内心、つぶやきました。

２０１１年、『第三舞台』の解散公演『深呼吸する惑星』の公演中、大高に「『朝日〜』やらないかってよく言われるんだよね」と言えば「俺もだよ」と大高は答えました。

「２０１４年に紀伊國屋ホールが50周年を迎えるので、なにか作品を」と求められたことが、背中を押しました。

小須田にも、「やる？」と聞きました。小須田は「やるでやんす」と答えました。

そんなこんなで、17年ぶりに、『朝日のような夕日をつれて』を上演することに決めました。

1997年版の『朝日のような夕日をつれて』は、いつもの大高洋夫、小須田康人に、ゴドー1に筧利夫、ゴドー2に松重豊、少年に松田憲侍というメンバーでした。17年たって、大高も小須田も50歳を越しました。大高は初演に21歳で、小須田は二回目の再演に21歳で参加したのが最初です。

17年ぶりの再演で、以前とセリフを変えているのですが、微妙に違う所は、放っておくと前回の文章が、大高も小須田も無意識に出ていました。人間の記憶力とはすごいもんだなと、みんなで感心しました。

今回は、ゴドー1には藤井隆さん、ゴドー2には伊礼彼方さん、少年には玉置玲央さんというメンバーです。

偶然にも、40代、30代、20代と年齢が分かれました。今まで、『朝日～』はひとつの世代の象徴でしたが、こんなメンバーでできるのも面白いと感じています。

「まえがき」に書いたように、この時点でまだ幕は開いていません。ですから、今回の『朝日～』がどう観客と出会うか、まったく予想がついていません。ただ、2014年の7月、汗をかきながら稽古を続けているだけです。

この戯曲は、僕が22歳の時、地下鉄東西線に乗っていて、目の前に座っている男性が一心不乱にルービック・キューブをいじっている姿を目撃したことが始まりでした。その没入ぶりに僕は衝撃を受けました。人はこんなに集中して、パズルを解こうとするんだ、まるで人生の謎を全身を賭けて解こうとしているようだ、そんなことを僕は思いました。

　正方形のパズルを完成させれば、人生の真実が分かるかのような情熱を注いで、その男性はルービック・キューブをカチャカチャと回し続けていました。それは、現代の祈りの姿に見えました。

　そこから、『朝日のような夕日をつれて』は始まったのです。

　ラッキーというか偶然だったのは、おもちゃ業界は、１９８１年から１９８３年の『ルービック・キューブ・リベンジ』を経て、１９８５年の『ファミリー・コンピューター』という「コンピューター革命」の時期に突入したことです。

　このことが、この戯曲を何度も何度も再演する意味のある作品にしたのだと思います。１９８０年代から現在まで、コンピューターは私達の生活を変え続けています。

　もし、舞台がおもちゃ会社ではなかったら、こんなに毎回、設定が変わることはなかったでしょう。結果、再演の意味も少なかったのではないかと思うのです。

　また、どんな形でゴドーが現れるのかも、この33年でずいぶん変わりました。その時、その時、人々はなにかにすがり、すがられたゴドーが現れました。名称や種類は変わっても、「なにかにすがる」という構図はずっと変わりません。そのことも、再演する意味になったのだと思います。

　ただ、何十年、何百年たっても、人はなにかにすがるのだろうと思います。すがり方、すがられ方は変わっても、「すがること」そのものは変わらないだろうと思います。

ただ、自分がなにかにすがっているんだと自覚すること、気づくこと、うめくこと、痛むことは、大切にしたいと思います。

20歳代には20歳代の「ぼくは　ひとり」と決意する喜びと痛みがあり、30歳代の40歳代の、そして50歳代の「ぼくは　ひとり」と決意する喜びと痛みがあるだろうと思います。だとすれば、当然、10歳代の「ぼくは　ひとり」と叫ぶ喜びと痛みがあり、70歳代の「ぼくは　ひとり」と語る喜びと痛みもあるだろうと思います。

それがいったい、どんな喜びであり痛みなのか。

20歳代でそれを描いた僕は、50歳代でまた描ける幸運と出会いました。

出版を快諾して下さった論創社の森下さんに深く感謝いたします。

50歳代でこの作品を書きながら、僕は「旅の途中」だと思っています。

2014年7月27日　鴻上尚史

「朝日のような夕日をつれて2014」上演記録

2014年7月31日~8月24日　紀伊國屋ホール
8月29日~8月31日　大阪　森ノ宮ピロティホール
9月5日~9月7日　福岡　西鉄ホール
9月12日~9月13日　東京　サンシャイン劇場(凱旋追加公演)

●作・演出—鴻上尚史

●キャスト—大高洋夫、小須田康人、藤井隆、伊礼彼方、玉置玲央

●スタッフ—美術＝松井るみ／音楽＝HIROSHI WATANABE／照明＝坂本明浩／音響＝原田耕児／振付＝川崎悦子／衣裳＝森川雅代／ヘアメイク＝西川直子／映像＝冨田中理／演出助手＝小林七緒／舞台監督＝澁谷壽久／演出部＝中山宣義、加瀬貴広、宇野圭一、六車春菜、大刀佑介／照明操作＝伊賀康、斉藤拓人、山田晶子／衣裳部＝馬渕紀子、畑香織／映像操作＝神守陽介／歌唱指導＝山口正義／大道具製作＝C-COM舞台装置(伊藤清次)、オサフネ製作所(長船浩二)／小道具製作＝土屋工房(土屋武史)・竹内章子／特殊効果＝特効(糸田正志)／イラスト製作＝大源みどり、渡辺芳博／照明協力＝Aプロジェクト／衣裳製作協力＝内藤智恵／衣裳協力＝東京衣裳／ヘアメ

イク協力＝vitamins／美術助手＝平山正太郎／衣裳助手＝山中麻耶／ヘアメイク助手＝山崎智代／演出部協力＝佐藤慎哉、永作一輝／稽古場＝水天宮ピット／運搬＝マイド／アーティストマネジメント＝イイジマルーム、クリオネ、よしもとクリエイティブ・エージェンシー、KANATA LTD.、ゴーチ・ブラザーズ／宣伝美術＝鈴木成一デザイン室／宣伝印刷＝三永印刷／宣伝協力＝る・ひまわり（金井智子・田中紗和子）／ホームページ製作＝overPlus Ltd.／舞台写真＝田中亜紀／記録映像＝板垣恭一、K5／提携＝紀伊國屋書店（東京公演）／制作協力＝サンライズプロモーション東京（東京公演）、サンライズプロモーション大阪（大阪公演）、キョードー西日本（福岡公演）／当日運営＝藤野和美、保坂綾子／制作助手＝嶋口春香／制作部＝高田雅士、倉田知加子、福岡彩香、池田風見／プロデューサー＝三瓶雅史／企画・製作・主催＝サードステージ

鴻上尚史《こうかみ・しょうじ》

一九五八年愛媛県生まれ。早稲田大学法学部卒業。在学中に劇団「第三舞台」を結成、以降、作・演出を手がける。一九八七年「朝日のような夕日をつれて'87」で紀伊國屋演劇賞、一九九二年「天使は瞳を閉じて」でゴールデン・アロー賞、一九九四年「スナフキンの手紙」で第39回岸田國士戯曲賞、二〇〇九年「虚構の劇団」旗揚げ三部作「グローブ・ジャングル」で読売文学賞戯曲賞を受賞する。二〇〇一年劇団「第三舞台」は「ファントム・ペイン」で十年間活動を封印し、二〇一一年に第三舞台封印解除&解散公演「深呼吸する惑星」を上演。現在は「KOKAMI@network」と「虚構の劇団」で活動中。また、演劇公演の他にも、映画監督、小説家、エッセイスト、脚本家としても幅広く活躍中。近著に、「ハッシャ・バイ／ビー・ヒア・ナウ〔21世紀版〕」（白水社）、「キフシャム国の冒険」（白水社）、「コミュニケイションのレッスン」（大和書房）、「八月の犬は二度吠える」（講談社文庫）など。

●上演に関するお問い合わせ―― サードステージ 〒一五一-〇〇五一
東京都渋谷区千駄ヶ谷一-一一-六 第2シャトウ千宗四〇一
電話〇三-五七七二-七四七四
ホームページアドレス http://www.thirdstage.com

朝日のような夕日をつれて　21世紀版

二〇一四年八月二五日　初版第一刷発行
二〇一四年九月三〇日　第二版第一刷発行

著者　鴻上尚史
発行者　森下紀夫
発行所　論創社
東京都千代田区神田神保町二―二三　北井ビル
電話　〇三―三二六四―五二五四
振替口座〇〇一六〇―一―一五五二六六
ブックデザイン　鈴木成一デザイン室
印刷・製本　中央精版印刷株式会社
ISBN978-4-8460-1356-1

この2冊で第三舞台の全てがわかる！　旗揚げから解散まで、30年の軌跡。

私家版第三舞台【復刻版】

小劇場の歴史を創った劇団、第三舞台の旗揚げから10年間（1981〜1991年）のさまざまなデータや多数の舞台等の写真を収録。当時の熱気を余すところなく詰め込んだ、演劇史に残る一冊。本体二〇〇〇円

私家版第三舞台FINAL

『私家版第三舞台』の続編。「スナフキンの手紙」（1994年）から「深呼吸する惑星」（2011年、解散公演）までの6作品と秘話をまじえたインタビューをオールカラーで収録。これが最後の第三舞台！　本体三〇〇〇円